THE QUEEN OF CRIME
繁體中文版
20週年
紀念珍藏

謝幕

阿嘉莎・克莉絲蒂——著

陳亦君、曾胡——譯

Curtain: Hercule Poirot's Last Case

通俗是一種功力

吳念真（導演、作家）

通俗是一種功力。絕對自覺的通俗更是一種絕對的功力。

這樣的話從我這種俗氣的人的嘴巴說出來，大概很多人要笑破褲底了。不過，笑完之後請容我稍稍申訴。這申訴說得或許會比較長一點，以及，通俗一點。

小時候身材很爛，各種遊戲競爭完全任人宰割，唯一隱遁逃避的方法是躲起來看書或聽大人瞎掰。那年頭窮鄉僻壤的小孩能看的書不多，小學二年級時最喜歡的是超大本的《文壇》，老師借的。看著看著，某天老師發現我的造句竟出現：「捧著：朝陽捧著一臉笑顏為群山剪綵」這樣亂七八糟的文字，就拒絕再讓我看那些超齡的東西了。

老師的書不給看，我開始抓大人的書看。一種是厚得跟磚塊一樣的日文書，對我來說那完全是天書，但插圖好看，經常有限制級的素描。另一種書是比較薄的，通常藏得很嚴密，只是裡面有太多專有名詞、重複的單字和毫無限制的標點，比如「啊啊啊」、「……！！！」

老讓我百思不解。有一天，充滿求知欲地詢問大人竟然換來一巴掌後，那種閱讀的機會和樂趣也隨著消失了。

所幸這些閱讀的失落感，很快從大人的龍門陣中重新得到養分。講到這裡，我似乎先得跟一個村中長輩游條春先生致敬，並願他在天之靈安息。

我所成長的礦區，幾乎全是為著黃金而從四面八方擁至的冒險型人物，每人幾乎都有一段異於常人的傳奇故事。這些故事當事人說來未必精采，但一透過游條春先生的嘴巴重現，有時連當事人都聽得忘我，甚至涕泗縱橫，彷彿聽的是別人的故事。

條春伯沒當過日本兵，可是他可以綜合一堆台籍日本兵的遭遇，一如連續劇般從入伍、受訓、逃亡荒島，面對同鄉同袍的死亡，並取下他們的骨骸寄望帶回故鄉，乃至骨骸過多搞不清哪是誰的等等，讓聽的人完全隨他的敘述或悲或笑，彷彿跟他一起打了一場太平洋戰爭。此外他也可以把新聞事件說得讓一個三、四年級的小孩，到現在仍記得當時腦中被觸動的畫面。例如當年瑠公圳分屍案的凶手做案之後帶著小孩到安東街吃麵（這讓我一直以為台北的安東街是條專門賣麵的街道），還有甘迺迪總統被暗殺、賈桂琳抱住她先生、安全人員跳上飛快的車子保護賈桂琳……當然，這記憶全來自條春伯的嘴巴而不是報紙。我的記憶全是畫面，有畫面，是因為條春伯說得精采，說得有如親臨他至死都還搞不清地理位置的達拉斯命案現場。

於是這小孩長大後無條件地相信：通俗是一種功力，絕對自覺的通俗更是一種絕對的功力。透過那樣自覺的通俗傳播，即使連大字都不識一個的人，都能得到和高階閱讀者一樣的感動、快樂、共鳴，和所謂的知識、文化自然順暢的接軌。也許就是因為這些活生生的例子，俗氣的自己始終相信：講理念容易講故事難，講人人皆懂、皆能入迷的故事更難，而能隨時把這樣的故事講個不停的人，絕對值得立碑立傳。

條春伯嚴格地說是有自覺的轉述者，至於創作者，我的心目中有兩個。一個是日本導演山田洋次，一個是推理小說家阿嘉莎．克莉絲蒂。

山田洋次創造了寅次郎這個集合所有男人優點跟缺點的角色，在以《男人真命苦》為名的系列下，總共完成百部左右的電影。它們的敘述風格、開頭、結尾的方法不變，唯一改變的是故事，是時代，是遍歷日本小鄉小鎮的場景。數十年來，看《男人真命苦》幾已成為日本人每年的一種儀式，一如新春的神社參拜。

數十年前訪問過山田導演，他說，當他發現電影已然有它被期待的性格時，電影已經不是導演自己的。他說：當所有人都感動於美人魚的歌聲時，你願意為了讓她擁有跟你一樣的腳，而讓她失去人間少有的嗓音嗎？

人間少有的嗓音與動人的歌聲，都來自山田導演絕對自覺的通俗創造。

再如阿嘉莎．克莉絲蒂，如果我們光拿出她說過的故事和聽過她故事的人口數字，就足以嚇死你。五十多年的寫作生涯，她總共寫出六十六本長篇推理小說，外加一百多篇短篇小說和劇本。其中有二十六本推理小說被改編，拍了四十多部電影和電視劇集。作品被翻譯成一百零三種文字的版本，銷量超過二十億本。

夠了。你還想知道什麼？知道二十億本的意義是什麼嗎？二十億本的意義是全世界平均三個人就有一個人讀過她的書，聽過她說的故事。

說來巧合，她和山田洋次一樣，創造出個性鮮明的固定主角（當然，前前後後她弄出來好幾個），然後由他（或是她）帶引我們走進一個犯罪現場，追尋真正的罪犯。

故事就這樣？沒錯，應該說這是通常的架構。那你要我看什麼？不急，真的不急，克莉絲蒂會慢慢冒出一堆足夠讓你疑惑、驚嚇、意外，甚至滿足你的想像力、考驗你的耐心和智商的事件來。

推理小說不都是這樣嗎？你說得沒錯，大部分是這樣，不一樣的是……對了，她像條春伯，像山田洋次，她真會說，而且她用文字說。

文字的敘述可以讓全世界幾代的人「聽」得過癮、「聽」個不停，除了聖經，也許就是克莉絲蒂。她不是神，但她真的夠神。

數十年前，台灣剛剛出現她的推理系列中譯本，那時是我結婚前，常有同齡的文藝青年來我租住的地方借宿，瞄到我在看克莉絲蒂，表情詭異地說：「啊？你在看三毛促銷的這個喔？」

我只記得他抓了一本進廁所，清晨四點多，他敲開我的房門說：「幹，我實在很討厭那個白羅……再拿一本來看看，我跟你說真的，要不是你的書，我真的很想把那個矮儸壓到馬桶吃屎！」

我知道他毀了，愛吃又假客氣，撐著尊嚴騙自己。克莉絲蒂再度優雅地撕破一個高貴的知識份子的假面具，她的手法簡單，那手法叫通俗，絕對自覺的通俗，無與倫比、無法招架的功力。

昔日的文藝青年如今跟我一樣，已然老去，但不時還會看到他寫一些充滿理念和使命感極重的文章，在報紙和雜誌上出現。我知道他要說什麼，只是常常疑惑他想跟誰說；同樣，我記得他說過什麼，但轉眼間忘記他說了什麼。但請原諒我，幾十年前那個晚上，他在我家看完的那兩本克莉絲蒂的小說內容，我可還記得清清楚楚。

也許有一天再遇到他的時候，我會問他之後是否還看過克莉絲蒂其他的書，如果沒有，我會跟他說，想讀要趁早，因為你會老、會來不及。至於白羅那個矮儸，大概永遠不會消失。哦，對了，還有一個叫瑪波，你說不定會來不及認識……

老派偵探之必要

冬陽（推理評論人，台灣推理作家協會理事長）

「讀者非常喜歡白羅這個人物，表示『那個開朗的小個子，過氣的比利時名偵探』。顯然白羅是這本小說受歡迎的一個原因，雖然白羅可能不贊同用『過氣』二字來形容他。」知名編輯兼作家經紀人約翰・柯倫（John Curran）在《阿嘉莎・克莉絲蒂的秘密筆記》一書如是說，文中提到的「這本小說」，正是克莉絲蒂初試啼聲、名偵探赫丘勒・白羅優雅登場的《史岱爾莊謀殺案》，一部於一個世紀前出版的偵探推理作品。

百年光陰的淬鍊顯然證明了白羅絕無過氣的疲態，連帶讓我聯想起電影《金牌特務》（*Kingsman*）上映後，大眾熱議西裝如何能帥氣俊挺歷久不衰——或許可以從這個切入角度，在這裡跟老書迷、新讀友探究這個蛋頭翹鬍子偵探（我沒有影射哪款洋芋片食品喔）的魅力所在。

且讓我們話說從頭。

「我敢打賭你寫不出好的推理小說。」一九一六年，阿嘉莎．米勒（克莉絲蒂婚前的舊姓）在媽媽的打字機上敲擊，打算回應姐姐梅姬這挑釁的話語。她努力嘗試，但故事寫得不好，於是改從身旁熟悉的事物著手——比方說毒藥。阿嘉莎在藥房工作過，曾在某個夜裡驚醒，匆匆回到調劑室重新配置，因為她不記得有沒有漏做一個重要步驟，否則病患就要去見閻王了——噢，這似乎是個謀殺好點子。

阿嘉莎還記得姨婆對她的叮嚀：要注意他人覬覦她珍藏的首飾，時時留意是不是有人偷偷拉長了耳朵聽她們的竊竊私語。小阿嘉莎不但執行得徹底，還把這個習慣寫進小說裡。同時她還注意到，因為世界大戰爆發，家鄉托基湧入許多比利時難民，不如讓一個逃難到英國的比利時退休警官擔任偵探？一定很有趣！

啊，偵探小說顧名思義，只要塑造出一個教人印象深刻的偵探，大概就成功一半。這個人物必須要有特色、有個性，甚至是怪癖，而且聰明又自負。好幾個名字浮現在她腦海裡：莫里斯．盧布朗（Maurice Leblanc）筆下的怪盜紳士亞森．羅蘋、卡斯頓．勒胡（Gaston Leroux）創造的新聞記者胡爾達必，當然還有那最最知名的夏洛克．福爾摩斯——連帶創造一個華生型的助手好了。該怎麼安排呢……

於是，一位偵探的樣貌漸漸成形：五呎四吋的小個兒，蛋型臉上蓄著保養得宜、梳理有型的鬍子，衣著一塵不染，漆皮鞋擦得錚亮。他有嚴重的潔癖，說話不時夾雜法語，喜歡成雙成對的東西，喜歡方的不喜歡圓的（雞蛋為什麼不是方的呢？），口頭禪是「動動灰色的腦細胞」。阿嘉莎心想，他應該要有個像福爾摩斯一樣響亮的名字，取名「赫丘勒斯」怎麼樣？希臘神話中的大力士。姓氏叫白羅，不過搭赫丘勒斯這個名字好像不配……改一下，赫丘勒．白羅好像不錯？就這麼定了吧！

白羅很聰明，懂得觀察入微沒錯，但這並不表示他就得是台獨尊腦袋、缺乏情感的冰冷思考機器，尤其要在人物關係錯綜複雜的莊園宅邸查案追凶，交際手腕得高明些才行。他不是在謀殺發生、屍體出現後才開始像頭獵犬四處嗅聞，而是憑藉旺盛的好奇心與強烈的同理心接觸各種人事物，進而探入被害者、犯罪者、各個看似無辜但多少都和事件沾上邊的關係者的心靈深處，佐以現今稱作鑑識、法醫等等科學鐵證（哎，證據人人知道，可是要怎麼跟真相合理地連結到一塊，這就是名偵探的功力啦），讓原本叫人束手無策的事件得以畫下完美句點。也因此，白羅偶爾能預測進而制止罪案的發生，甚至對殘酷但值得憐憫的罪行網開一面，這樣才合乎人性不是嗎？

婚後以阿嘉莎．克莉絲蒂為名，推出《史岱爾莊謀殺案》後深獲好評，相隔六年的《羅傑艾克洛命案》更是引發街談巷議，而克莉絲蒂全球暢銷前十大作品中，還包括《東方快車謀殺案》、《尼羅河謀殺案》、《ABC謀殺案》、《藍色列車之謎》、《底牌》、《五隻小豬之歌》，合計八部皆由白羅擔綱演出。讀者不只喜愛這個聰明角色，還臣服於平實流暢的文筆及相對顯得衝突的複雜劇情，冷酷的謀殺動機隱藏在細膩的人際關係裡，穿透看似單純、帶點童話氣息的表象後，端賴名偵探明察秋毫、撥亂反正。尤其讓一個比利時人在英國土地上辦案，是克莉絲蒂的小心思，因為「英國人總是不信任外國人，也不相信睿智」（語出英國偵探俱樂部主席馬丁・愛德華茲〔Martin Edwards〕），讀者同凶手一樣輕忽不設防，卻也得到了參與鬥智競賽的意外驚奇和美好滿足。

這樣的閱讀感受，我稱之為「老派偵探之必要」，因為它純粹簡約，經得起反覆咀嚼，猶如前述的西裝革履，在潮流更迭的時間長河裡維持恆久的優雅風範——呼應吳念真先生寫在「策畫者的話」中的一段文字，那不是惺惺作態的高傲睥睨，而是「絕對自覺的通俗，無與倫比、無法招架的功力」所致。

不信？往下讀去就知道。而且我敢打賭，你有很高的比例會將整個白羅系列嗑完，然後是瑪波小姐系列以及其他系列，當然也不可能錯過像名列暢銷首位的《一個都不留》這類獨立之作……

註　克莉絲蒂推理全集一至三十八冊為「神探白羅系列」，三十九至五十二冊為「神探瑪波系列」，五十三至八十冊包含鬼豔先生、湯米與陶品絲、雷斯上校、巴鬥主任等名探故事。

獻詞

阿嘉莎．克莉絲蒂是世界讀者最眾，也最廣受喜愛的女作家。
身為克莉絲蒂的孫兒，我相信奶奶會非常樂見這次出版，
因為她極以自己作品中的趣味與娛樂為豪。
歡迎所有喜歡本系列的台灣新讀者參與這場饗宴！

——馬修．培察（Mathew Prichard）

01

重新回味往日的經歷或體驗舊時的情感，有誰不曾感到一陣突兀而震驚的痛楚呢？

「我曾經這麼做過……」

為什麼這句話總令人感到深深的悸動？

當我坐在火車上，望著窗外埃塞克斯郡的平原景觀時，我就是這麼自問著。

離我上回做這樣的旅行已經多久了呢？[1]當時我的感覺是（多麼荒謬）：我人生的黃金時期已經宣告結束！我在那次戰爭中受了傷，因此我對那次戰爭總是耿耿於懷，而今那次戰爭的傷痕已被第二次令人更加絕望的戰爭沖刷得一乾二淨。

1 上回旅行的情節，請參克莉絲蒂的《史岱爾莊謀殺案》一書。

一九一六年，年輕的亞瑟．海斯汀已經顯得老氣橫秋。其實那時的我並沒有體會到，對我來說，人生才剛開始！

我曾經做過一次旅行，雖然沒料到在那次旅行中我會遇見一個人，他對我的影響決定了我的一生。事實上，我的那趟旅行原本是去見我的老友約翰．凱文帝斯。他的母親不久前才再婚，擁有一棟名叫「史岱爾莊」的鄉間宅院。當時我一心只想重續舊誼的快樂，萬萬沒料到未久便捲入了一場險毒的神祕命案當中。

就在史岱爾村，我再度遇到那個古怪的小矮子赫丘勒．白羅。我和他的初次相識是在比利時。

我清清楚楚記得，當我看到這位留著濃密八字鬍、踽踽而行的身影從村道上迎面走來時，我是多麼驚訝。

赫丘勒．白羅！從彼時起，他成了我最知心的朋友，他的影響塑造了我的人生。因為和他一同追尋另一個殺人凶犯，讓我遇到了一個女孩，她後來成為我的妻子。她是任何男人都夢寐以求的伴侶，非常忠誠而貼心。

如今她夙願以償，安息在阿根廷的土地上，既無曠日持久的病痛，也沒有老年體弱的折磨。可是，她拋下了一個孤寂而不快樂的男人。

啊！但願時光能夠倒流，我能再過一次那樣的生活。多麼希望我能回到一九一六年初訪史岱爾莊的歲月。從那以後，一切都有了重大改變。史岱爾莊被凱文帝斯家族賣了，約翰．

凱文帝斯已經過世，而他的妻子瑪麗（一個迷人而高深莫測的女人）尚在人世，目前住在德文郡。勞倫斯和他的妻小住在南非。改變，處處俱已改變。

而奇怪的是，有件事卻沒變：我前後兩次到史岱爾莊，都是趕去會見赫丘勒．白羅。

我接到他的來信時，簡直目瞪口呆。信頭上是這麼寫著：埃塞克斯郡，史岱爾村，史岱爾莊。

我幾乎有一年沒見到這位老友了。上回見到他時，我既吃驚又難過。他已垂垂老矣，又因關節炎而不良於行。他曾懷著改善健康的希望去了埃及一趟，回來後不僅不見好轉，反而每況愈下。這些都是他在信中告訴我的。雖然如此，他那封信的字裡行間卻洋溢著快樂……

§

我的朋友，看到我的發信地址，你不覺得好奇嗎？它勾起了我們舊日的回憶，對吧？沒錯，我人就在這裡，在史岱爾莊。你不妨想像一下，這棟宅院現在已經成了一家所謂的出租客棧。目前經營這家旅社的是一位老上校，他是貴國那種有如國粹的老上校……非常以祖國自豪的人。當然，這個旅社能夠賺錢，全靠他的太太。她是一個很好的經理人，可惜那張嘴尖利如刀，可憐的上校，吃了它不少苦頭。換成是我，我非砍了她不可！

我在報上看到他們的廣告，好奇心驅使下，再度來到這個我在英國最初落腳的地方。像我這種年紀，是很樂於重溫舊夢。

你不妨想像一下，我在這裡遇見一位男士，他是一位從男爵，也是令千金雇主的朋友。（這句話聽來有點像是法文習題，對吧？）

我立刻有了一個構想。他有意找富蘭克林夫婦到此地來避暑，我也想乘此機會說服你來，齊聚一堂。這勢必是最令人快樂的事。因此，親愛的海斯汀，你就快來吧，愈快愈好。我已經為你訂了一個帶浴室的房間（你知道，親愛的老史岱爾莊現在已經現代化了），還為了房租和勒托爾太太討價還價，終於爭取到極為便宜的租金。

富蘭克林夫婦和你那位迷人的千金茱迪思已經來了好幾天。一切俱已安排妥當，所以別再推託了。希望不久就能見到你。

你永遠的朋友　赫丘勒．白羅

這情景太誘人了。於是我毫無異議，遂了老友之所願。我身無牽掛，也沒有固定的住所。我有兩個兒子，一個服役於海軍，另一個結了婚，在阿根廷經營農場。女兒葛蕾絲嫁了個軍人，目前人在印度。剩下一個小女兒就是茱迪思，我一向私心最偏愛她，雖然我對她從來就不了解。她是個脾氣古怪、鬱鬱寡歡、沉默寡言的孩子，對自己的事總是三緘其口，有時候令我既氣憤又苦惱。吾妻對這一點就體諒得多。她安慰我，說這並非因為茱迪思不信任我們，而是出於她天生的強烈性向。可是她也和我一樣，有時也為茱迪思憂心不已。她說，茱迪思的感情過於強烈而專注，又拜天生的內斂性情之賜，缺少一個能對感情控制自如的安全閥。有時候，她不言不語冥思終日，有時又慷慨激昂，充滿了強烈偏見。她是全家人頭腦最好的一個，而對於她立志受大學教育的心願，我們都樂觀其成。大約在一年前，她取得了理學士學位，後來找到工作，擔任一位醫生的祕書。這位醫生從事的是熱帶疾病的研究，他太太多少也算是個體弱多病的人。

我偶爾會疑心，茱迪思如此專注於工作、效忠於雇主，是否表示她墜入了情網。不過他們之間那種「公事公辦」的態度，令我對他們的關係放下心來。

我相信茱迪思是愛我的，但她天性不善表達，常對我那些她稱之為多愁善感和迂腐的觀念表示輕蔑和不耐。老實說，我在我這個小女兒面前還真有點戰戰兢兢呢！

這時候，火車在聖瑪莉史岱爾車站停下來，打斷了我的沉思。至少這個車站沒變，時光只從它的身旁流過。它依然孤立在翠林綠野中，予人一種不知為何存在的感覺。

不過，在計程車穿過村落之際，我感受到歲月的流逝。聖瑪莉史岱爾村已經面目全非，我幾乎認不得了。它多了好幾個加油站、一家電影院、兩間客棧，和一排排的市鎮建築。

不久，計程車彎進了史岱爾莊的大鐵門。在這裡，時光彷彿從現代回到了過去。那個花園依然和我記憶中的相差無幾，但車道沒有維護好，野草蔓生，把石子路面都蓋滿了。我們轉了個彎，那棟宅院立刻映入眼簾。它的外觀沒什麼改變，只是破敗得很，亟需粉刷一番。

一如多年前我初來此地的情景，一個女人的身影俯身蹲在花圃中。我的心一時停止了跳動。接著那個身影直起腰，向我走來。我啞然失笑。她和當年高大健壯的伊薇・何沃德差別之大，令人難以想像。

這是個瘦弱的老太太，滿頭灰白鬈髮，粉撲撲的臉龐，一對冰冷的湛藍眼眸和她那親切的殷勤態度很不搭調。坦白說，她的態度過於熱切，不甚合我的口味。

「你就是海斯汀上尉，是吧？」她問。「我手上全是泥土，不能和你握手。我們非常高興看到你來……我們對你早已久仰大名！容我介紹自己。我是勒托爾太太。我和丈夫一時心血來潮買下這個地方，一直想利用它來賺點錢。我從未想到，有朝一日我竟然會成為旅社的老闆娘！不過，我得提醒你，海斯汀上尉，我這女人可是在商言商，我會把所有的額外費用都算在帳上。」

我們倆都笑了，好似聽到一個絕妙笑話。不過我突然想到，勒托爾太太剛才說的可能都是不折不扣的實話。在她半老徐娘的動人風韻背後，我隱隱感到一種燧石般的冷硬。

雖然勒托爾太太的口音偶爾帶著幾分土腔，但她並沒有愛爾蘭血統，只是裝模作樣。

我問起我的老友。

「啊，可憐的白羅先生。他非常期盼你的到來，那份殷切連鐵石心腸也會被他感動。不過他真是飽受折磨，看到他那樣子，我真為他難過。」

我們一面朝著宅邸走去，她一面脫去手上的園藝手套。

「還有你那個漂亮的女兒，」她又說，「真是可愛啊，我們都好喜歡她。不過你知道，我是個守舊的人。像她那樣的女孩，不去參加宴會和年輕男人跳舞，反而整天把時間耗在解剖兔子、趴在顯微鏡前，在我來看，這不但可惜，而且造孽。要我說，這種事應該丟給那些邋遢的女人做。」

「茱迪思在哪裡？」我問，「她在附近嗎？」

勒托爾太太做了一個小孩子稱為「鬼臉」的表情。

「啊，可憐的女孩！她把自己關在花園盡頭那個工作室裡。富蘭克林醫生從我這裡把工作室租了去，在裡頭裝滿了設備。他來這裡抓了好幾箱土撥鼠，可憐的小東西；還有老鼠、兔子。海斯汀上尉，我可不敢說我對科學是樣樣都喜歡。啊，我丈夫來了。」

勒托爾上校正從屋角繞過來。他是個高瘦的老人，面色灰白，一雙溫和的藍眼睛，總愛遲疑地扯扯自己花白的唇髭。

他的神情茫然若失，看來很神經質。

「啊，喬治，海斯汀上尉已經到了。」

勒托爾上校和我握過手。

「你是搭五點……呃……四十分的火車來的，呃？」

「不然他還能搭哪班車？」勒托爾太太立刻說，「再說，搭哪班車又有什麼關係？喬治，你先帶他上去看房間。接下來，他或許會直接去找白羅先生……還是你想先來杯茶？」

我告訴她我不想喝茶，寧可先去看我的朋友。

勒托爾上校說：「那好，走吧。我想……呃，他們已經把你的東西送上去了，是吧，黛西？」

勒托爾太太尖酸說道：「那是你的事，喬治。我一直在整理花園，總不能樣樣都顧到。」

「對，對，當然不能。我……我會去處理，親愛的。」

我跟在他身後踏上台階。我們在門口遇見一個灰髮男子，那人身材瘦小，帶著一副雙筒望遠鏡匆匆出門。他有點跛足，長著一張孩子氣的熱心面孔。他帶點結巴地說：「美國梧桐樹上有一對鳥在築……築巢。」

我們進入大廳，勒托爾說：「那人是史蒂芬．諾頓。好人一個。愛鳥成癡。」

大廳裡，一個高頭大馬的男人站在桌邊，顯然剛打完電話。他抬起頭，口中說道：「我恨不得把那些包商和營造商全都吊死，剁成碎片，五馬分屍。什麼都做不好，真該下地獄去。」

他狂怒的模樣顯得既滑稽又可憐，我們倆都笑起來。我的注意力立時就被這人吸引住了。雖然他已經年過半百，依然相貌堂堂，一張臉曬成深古銅色。從外表上看，他似乎長年生活在戶外，而且像是那種愈來愈難遇見的人……正直坦率、喜歡戶外活動的老派英國紳士，也是那種能夠指揮若定的人。

因此，當勒托爾上校向我介紹那人就是威廉．博伊．卡林頓爵士時，我並不驚訝。我知道，他曾經擔任過印度某省的省長，在那裡取得了非凡的成就。他也是一位頗負聲望的一流射擊手和大型獵物的獵手。我憂傷地想著，在這個墮落的時代，我們恐怕很難再培養出這樣的人物了。

「啊哈，」他說，「能親眼見到大名鼎鼎的海斯汀，真是不勝榮幸。」他大笑。「你知道，那位親愛的比利時老兄常常談到你。當然，我們已經在這裡見過令嬡。她是個好女孩。」

「我想茱迪思不常談到我。」我帶著微笑說道。

「確實不常，她非常新潮。這年頭，女孩子連自己有個父親或母親都不好意思承認。」

「有父有母幾乎成了恥辱。」我說。

他又笑。

「噢，我沒受過這種罪。我更慘，沒兒沒女。你那位茱迪思是個非常漂亮的女孩，但是學養甚高，看到這點我就感到誠惶誠恐，」他又抓起話筒。「勒托爾，如果我詛咒你們的轉接台下地獄去，你可別見怪。我可不是個有耐性的人。」

「他們活該。」勒托爾回答。

他帶路上樓，我尾隨於後。他帶著我沿著房宅的左翼前行，來到盡頭的一扇門前。我明白，這是白羅為我選的房間，也是我從前住過的那間。

這裡也已改變。我順著走道前行，有些門是開著的，我看到那些老式的大臥室已經裝上隔間，分成好幾個小房間。

我的房間不大，除了現在裝上冷熱水管、一部分被隔成一間小浴室外，其他一切如故。

房內現代風格的廉價家具令我掃興。我寧願要一種近於房宅本身建築風格的擺設。

我的行李已經拿進房間。上校告訴我，白羅的房間就在對門。他正帶領我過去，一聲「喬治」的尖聲叫喊傳來，在樓下的大廳中迴盪不已。

勒托爾上校嚇了一跳，有如一匹受驚的馬。他舉起一隻手按在嘴上。

「我……我……相信你這邊沒事了吧？有什麼需要請拉鈴……」

「喬治！」

「來了，親愛的，我來了。」

他慌慌張張順著走道跑遠了。我佇立片刻，望著他的背影，接著穿過走道，帶著加速的心跳，輕輕敲一下白羅的房門。

／02

在我看來，人世間最悲哀的事莫過於年歲不饒人。

我可憐的朋友。我曾經數度形容過他，如今我要對他做一番與從前不同的描述。他因關節炎不良於行，只好靠輪椅來活動，一度豐滿的體格縮垮下來，如今是個瘦弱的小矮人。他臉上皺紋縱橫，八字鬍和頭髮卻依然黑得發亮（真的！）。老實說，我絕對不願在他面前提起這個，以免傷他的心。染髮是失策，因為染得太明顯了。有一陣子我訝異地聽說，白羅的黑髮是靠藥水染出來的。而今那不自然的色澤如此顯見，徒然令人覺得他是戴著假髮，而那把八字鬍彷彿是特地為了讓小孩開心才裝上的！

只有那雙眼睛，依舊一如既往，機敏銳利，灼灼有光，而且現在……沒錯，毫無疑問，因為充滿感情而更顯溫柔。

「啊，我的朋友，海斯汀……我的朋友，海斯汀……」

我彎下身，而他一如慣常，熱情地擁抱我。

「我的朋友，海斯汀！」

他靠回椅背，微側著頭打量我。

「沒錯，還是老樣子。腰桿挺直，胸寬肩闊，頭髮灰白，真不錯。你知道，我的朋友，你可一點兒也不顯老。女人依然對你感興趣，對吧？」

「真是的，白羅，」我抗議道，「你非得……」

「我敢向你擔保，朋友，這是一種測試……非常靈驗。要是那些年輕女孩跑來客客氣氣地對你說話，噢，又輕言又細語……那你就完了！『這可憐的老頭，』她們會這麼說，『我們一定要對他好一點。變成那個模樣一定難受得很。』可是你，海斯汀，你還年輕。對你來說，生活還有許多可能。沒錯，把鬍子弄亂，縮起肩膀——我知道我在說什麼——你看起來就不會那麼神聖不可侵犯了。」

我哈哈大笑。

「你真叫人受不了，白羅。你自己又如何呢？」

「我，」白羅邊說邊做了個鬼臉。「我已經報銷了，作廢了。我無法行走，不但癱瘓，背也駝了。謝天謝地，我還能自己吃東西，不然我真要成了個要人侍候的小嬰兒，被人抱上床，洗澡穿衣都得靠別人幫忙。這畢竟不是樂事。幸好我的外表雖已腐朽，裡頭還很健全。」

「是的，的確如此。你有一顆世界上最好的心。」

「心？或許吧。我指的其實不是我的心。我的朋友，我剛說裡頭，意思指的是頭腦。我的腦袋依然功能卓著。」

至少我可以感覺到，他的頭腦並未因為衰退而變得比往常謙遜些。

「你喜歡這地方嗎？」我問。

白羅聳聳肩。

「夠好了。你知道，這裡不是麗池飯店。不，絕對不是。我剛來的時候，住的房間不但狹小，家具擺設也難看得很。現在，我以同樣的價錢搬進這個房間。還有伙食，簡直是全英國最爛的。那些芽甘藍又大又老，英國人卻愛吃得很。馬鈴薯煮得不是太硬就是太爛。蔬菜淡而無味，怎麼吃都像在喝水。所有的菜餚都見不到鹽和胡椒的蹤跡……」他頓了頓，做個怪表情。

「聽起來可怕極了！」我說。

「我可沒抱怨，」白羅口裡這麼說，卻又繼續抱怨。「還有，所謂的現代化。到處都是浴室、水龍頭。可是裡頭流出來的是什麼？我的朋友，有大半天都是半暖不涼的溫水。還有那些毛巾，薄得很，毛都沒有！」

「有些東西還是往日的好。」我若有所思地說。我想起史岱爾莊從前的一間浴室，蒸汽有如濃雲般從水龍頭裡噴湧而出，而眾多的浴室裡，地板中央都有個以桃心木鑲邊的巨大浴盆，炫耀似地安坐在那裡。我還記得，那些浴巾好大好大，還有幾個使用頻繁、盛著滾燙熱水的黃銅罐，晶晶亮亮地立在老式的浴盆中。

「可是我不能抱怨，」白羅又說，「我是心甘情願來受罪的……我自有道理。」

一個突如其來的想法閃進我腦海。

「我說啊，白羅，你該不會是……呃……缺錢吧？我知道戰爭對許多投資的打擊非常大……」

白羅的話立刻讓我放了心。

「啊，不是，朋友。我手頭寬裕得很。真的，我很有錢。我來到此地，並不是為了省錢。」

「那就好。」我說，隨後又加上一句：「我想，我能夠了解你的感受。一個人活得愈久，就愈喜歡回首過往。你會希望重溫舊時情。就某方面來說，我認為來這裡頗為痛苦，但也讓我勾起許多昔日的想法和情懷，那些點點滴滴，我幾乎都已遺忘了。我敢說，你也有這樣的感受吧。」

「一點也不。我根本沒有這種感覺。」

「那段日子可真美好啊。」我憂傷地說。

「海斯汀，你說的可能是你自己的心聲。對我來說，當初來到聖瑪莉史岱爾村可是一段悲慘而痛苦的記憶。當時我是個難民，身上又負著傷，離鄉背井遠離故園，在異國靠著施捨過活。不，那段日子並不愉快。那時候我並不知道我會在英國定居，也不認為我可以在這裡找到快樂。」

「這我倒忘了。」我坦承不諱。

「一點也沒錯。你總以為你親身體驗過某種感情，就認為別人也是如此。海斯汀當年很快樂……所以人人都快樂！」

「不，不是這樣的。」我一面抗議，一面大笑。

「不管怎麼說，這是不對的，」白羅還沒說完。「你說，撫今憶昔令你熱淚盈眶，『噢，那些快樂的時光。那時候我是多麼年輕。』可是，朋友，你那時並不如你現在所想的那麼快樂。那時候你才受重傷，因為不能再服現役而心煩意亂。你住在療養院裡，意氣消沉得難以形容。而且就我記憶所及，你還因為同時愛上兩個女人而讓事情雪上加霜。」

我大笑，滿面通紅。

「白羅，你的記性可真好。」

「沒什麼……我到現在還記得，你當時一面喃喃訴說著那兩個美麗女子的蠢笨言行，一面還唉聲嘆氣呢。」

「你記得你當時說了什麼嗎？你說：『她們兩個誰都不適合你！不過，要勇敢，我的朋友。或許我們可以再度聯手出擊，或許……』」

我停下話頭。因為我和白羅後來確實又連袂遠至法國出擊，就在那裡，我遇到了一個女人……

我的朋友輕拍我的臂膀。

「我知道，海斯汀，我知道。那個傷口依然沒有癒合。不過，別再沉浸於往事了。不要回首，要向前看。」

我做了個不以為然的手勢。

「向前看？前面能看到什麼呢？」

「我的朋友，我們有工作要做呢。」

「工作，在哪裡？」

「就在這裡。」

我目瞪口呆地望著他。

「剛才，」白羅說，「你問我為什麼要來這裡。你大概沒注意到，我並沒有作答。現在，我就要答覆你。我來此地，是為了追緝一個殺人凶手。」

我帶著更驚訝的眼神瞪著他。一時之間，我還以為他在信口開河。

「你是說真的？」

「我當然是說真的。我一直催促你來，還能有什麼原因？我的肢體已不再靈活，可是我的頭腦，就像我剛說的，絲毫無傷。別忘了，我的老習慣一向是靠坐在椅子上潛心思考。這個我依然能做。事實上，這也是我唯一能做的事了。至於這次戰鬥中需要體力的那一面，就得靠我彌足珍貴的海斯汀了。」

「你是當真的嗎？」我喘著大氣問。

「我當然當真。海斯汀，我和你要再度聯手出擊了！」

好幾分鐘後我才體會過來，白羅這句話是字字認真。

他那句話聽來有如異想天開，但我沒有理由懷疑他的判斷。

他微微一笑，說：「你終於相信了。一開始你一定以為是我腦力不濟了，對吧？」

「不，不，」我連忙否認。「只是，這裡不像是會發生那種事的地方。」

「啊，你這麼想嗎？」

「當然，我還沒見到這裡所有的房客……」

「你見過哪些人？」

「只有勒托爾夫婦，和一個叫作諾頓的男人，那傢伙看來不討人厭。還有博伊．卡林頓。我得說，我非常喜歡這個人。」

白羅點點頭。

「海斯汀，我且告訴你，等你見過其他房客後，你會覺得我剛才那句話依然和現在一樣不可思議。」

「還有哪些房客？」

「富蘭克林夫婦……富蘭克林醫生和他的太太、一個照顧富蘭克林太太的醫院護士，還有你女兒茱迪思。另外還有個叫亞勒敦的，似乎是個花花公子。還有一位寇爾小姐，年約三十五歲左右。就是這些人。我暫且告訴你，他們都是非常好的人。」

「可是他們中間有個殺人凶手？」

「沒錯，他們中間有個殺人凶手。」

「但你怎麼會……為什麼……會這麼想？」

我發覺我的問題碎不成句，前言後語攪成一團。

「你冷靜點，海斯汀。我們從頭說起吧。請你把寫字檯上的小箱子遞給我。好。還有鑰匙。現在……」

他打開公文箱，取出一堆打字文件和剪報。

「海斯汀，這些東西你有空的時候不妨研究研究，這陣子我不想費神去看這些剪報。這些是幾樁悲劇事件的相關報導，內容或許稍有不實，有時候卻也能發人深省。為了讓你對這些命案有點概念，我建議你把我在上面所做的摘要讀一遍。」

我帶著濃厚的興趣讀了起來。

案例A：埃思林頓。倫納德・埃思林頓。有各種惡習——吸毒、酗酒。性情乖僻，有虐待狂。妻子年輕迷人，和他一起生活極為痛苦。表面來看，埃思林頓顯然是食物中毒而死。醫生對此結論並不滿意。屍體解剖檢驗後，證明是砒霜中毒致死，毒藥取自屋內的除草劑，然而除草劑是很久以前訂購的。埃思林頓太太因此被捕，以謀殺罪嫌遭到起訴。她最近才交了一個服務公職的男友，那人已返回印度。沒有私通的實際物證，但證據顯示，兩人之間感情甚深。這個青年已和他出門旅行時邂逅的一個女孩訂了婚。埃思林頓太太在她丈夫死前或死後是否曾收到關於此一消息的信件，尚待查證。據她自言，她在丈夫去世前便已得知此事。證明她有罪的證據，主要是依情境推斷的間接證據：既無其他可能的嫌疑犯，意外事故的可能性也微乎其微。審訊過程中，由於她丈夫的性格和對她的虐待，她獲得大眾廣泛的同情。法官對案情的結論對她有利，強調只要有任何合理的疑點，就不能對她做出裁決。

埃思林頓太太因此被判無罪開釋。然而，一般人都認為她犯下了這起罪行。此後，由於親友的冷眼相待，她的日子很難過。審訊過後兩年，她因服用過量安眠藥而死。驗屍團的報告確認，她是意外死亡。

案例B：莎普小姐。一個上了年紀的老處女。病弱。行動不便，飽受病痛折磨。由侄女芙蕾達・克萊照料。莎普小姐因服用過量嗎啡而死。芙蕾達・克萊承認，這是她的過失所致。她說姑姑因病痛折磨十分痛苦，難以忍受，因此她多放了一些嗎啡以減輕痛苦。警方認為：此舉乃經過深思熟慮，並非過失所致。然而考慮到證據不足，未予起訴。

案例C：愛德華・李格。愛德華・李格，工人。懷疑妻子對他不忠，和房客班恩・克雷格私通。克雷格和李格太太後來雙雙被發現中槍身亡，槍彈證明為李格的槍枝所發射。李格向警方投案，說此事可能是他所為，但他不復記憶。他說他腦袋一片空白。李格被判處死刑，後來又被減為無期徒刑。

案例D：迪瑞克．布雷利。迪瑞克．布雷利和一女人私通，他太太發覺後，威脅要殺死他。布雷利的啤酒裡被人攙入氰化鉀，因而致死。布雷利太太因此被捕，以謀殺罪嫌受審。在交叉質詢過程中精神崩潰。被判有罪，處以絞刑。

案例E：馬修．利奇菲德。馬修．利奇菲德，老年，家庭暴君。家有四個女兒，但他不准她們有任何玩樂享受，也不給她們錢用。一天晚上歸家途中，他於家門外遭襲，頭部受到致命一擊而死。警方進行調查後，大女兒瑪格麗特前往警局投案，自承是殺死父親的凶手。她說，她這麼做是為了讓幾個妹妹有自己的生活，以免為時太晚。利奇菲德留下了大筆遺產。瑪格麗特．利奇菲德得到精神錯亂的判決，被監禁於布羅德摩，但未久即死去。

我讀得很仔細，可是愈讀愈糊塗。我終於將剪報放下，將疑問的目光投向白羅。

「怎麼樣，我的朋友？」

「我記得布雷利的案子，」我緩緩說道，「案發當時我在報上看過。她是個非常漂亮的女人。」

白羅點點頭。

「可是你得指點指點我，這到底是怎麼回事？」

「你先告訴我，你怎麼看這些案子？」

我一頭霧水。

「你剛給我看的，是五樁不同謀殺案的報導。這些案子發生的地點都不同，被害人所屬的階級也不同。另外，這幾樁命案之間似乎並沒有雷同之處；一個是出於嫉妒而犯案，一個是不幸福的妻子為了擺脫丈夫所為，另一個有謀財的動機，還有一個，也許你會說是出於無私的動機，因為凶手並沒有逃避懲罰的意圖。至於第五個，顯然手段凶殘，可能是酒醉後而犯案。」我頓了頓，以猶疑的口吻又說：「這些案件之間是不是有什麼共同之處，而我忽略了呢？」

「噢，不，你的歸納非常正確。但有個事實你本當提到卻漏了，那就是：所有的案件都毫無疑點。」

「我想我還是不懂。」

「舉個例子，埃思林頓太太後來被判無罪開釋，儘管如此，所有人都認定是她犯的案。芙蕾達·克萊沒有遭到公開起訴，不過所有人都認為犯下此一罪行的不可能是別人。李格聲稱他記不得是否殺了妻子和她的情夫，可是沒人起過疑心，認為這可能是別人下的手。瑪格麗特·利奇菲德則是供認不諱。你知道，海斯汀，每一樁案件都有個明顯的嫌疑犯，別無其他。」

我蹙起眉頭。

「沒錯，確實如此。但我看不出來，你能從這當中得出什麼特別的推論。」

「啊，你聽著，我就要說到一個你還不知道的事實。設想一下，海斯汀，在我描述的這些案子當中，如果都有個與事無涉的共同角色呢？」

「你是什麼意思？」

白羅慢條斯理說道：「海斯汀，我現在所說的每一句話都是字斟句酌。我不妨這麼說吧。有這麼一個人……姑且稱之為X；在所有案件中，這位X沒有任何動機（這是顯而易見）要除去被害人。就我極力所掌握的情報來看，其中一樁命案在案發之際，X其實遠在兩百英里之外。儘管如此，我還是要告訴你，X與埃思林頓的關係非常密切；X在李格居住的村子裡住過一段時間，而X也認識布雷利太太。我還有一張X和芙蕾達．克萊在街上一同散步的快照。而在老馬修．利奇菲德身亡之時，X就在他家附近。對於這些，你有什麼要說？」

我瞪視著他，緩緩說道：「沒錯，這未免太巧了點。兩個甚至三個案子或許能以巧合解釋，但是五個就太玄了。這些不同命案之間必定有某種關聯，雖然表面並非如此。」

「這麼說，你也認為我所想的沒錯？」

「你認為X就是凶手？沒錯。」

「既然如此，海斯汀，你就會願意和我一同前行，一探究竟。我不妨告訴你，X就在這棟宅子裡！」

「在這裡？在史岱爾莊？」

「就在史岱爾莊。從這個事實當中，你會得出什麼樣的邏輯推論呢？」

我說：「你就繼續說吧。」其實我已經知道答案。

赫丘勒．白羅神色凝重地說道：「再過不久，這裡即將發生謀殺……就在此地！」

03

我愕然瞪視白羅半晌，這才回過神來。

「不，不會的，」我說，「你會阻止這場謀殺。」

白羅深情地望了我一眼。

「我忠實的朋友，你對我如此有信心，我非常感激。儘管如此，我不能確定這一回我會不會辜負你的信任。」

「胡說。你當然阻止得了。」

白羅口吻異常沉重地說：「想想吧，海斯汀。沒錯，凶手可能於事後被逮，可是我們怎麼可能事前阻止謀殺發生呢？」

「噢，你……你……呃，我的意思是，如果你事前就知道……」

我無力地頓在那裡，沒再往下說。突然之間，我領悟到了其中的種種困難。

白羅說：「你明白了吧？事情並不是那麼簡單。事實上，只有三個辦法可行。第一，是警告被害人，要他或她提高警覺。這樣做不見得會奏效，因為你很難讓某些人相信他們正處於重大危險之中，而且危險可能來自於他們最親近的人。他們會憤慨不已，拒絕相信。第二個辦法是警告凶手，例如以言語暗示：『我知道你的企圖。如果某某人死了，朋友，我保證你會上絞刑台。』這個辦法成功的機率大於第一個，但即使如此，還是可能失敗。因為，我的朋友，謀殺案的凶手比世上任何人都自負。他們往往比別人都聰明，不但沒人會懷疑他們，而且能把警方要得昏頭轉向，茫然失措。因此，他（或她）照樣會犯案，而你只能在事後將凶手送上絞刑台，得到些許滿足。」他頓了頓，若有所思地又說：「我這一生中，曾經警告過凶手兩回，一回在埃及，另一回在別處。可是那兩起案子，罪犯都意志堅決。這次在這裡，大概也是如此。」

「你剛說，還有第三個辦法。」我提醒他。

「啊，對。這個辦法需要最大的機智。你必須精準判斷凶手將於何時施展出那致命的一擊，然後在關鍵的心理時刻插手干預。你必須在犯罪尚未完成之際逮住凶手，並以毫無疑點的方式指出其犯罪的意圖。

「而這個辦法，我的朋友，」白羅又說，「我可以向你保證，不僅非常困難，而且需要步步為營。我完全不敢打包票這種辦法會成功！我也許自負，不過我還沒自負到那種地步。」

「那你打算在這裡試用哪一種辦法呢？」

「或許三種都用。不過第一個辦法最難。」
「為什麼？我以為它最容易。」
「沒錯，如果你知道被害人是誰的話。不過，海斯汀，難道你看不出來，我並不知道被害人是誰？」
「什麼？」
這句驚嘆不假思索就脫口而出，而我隨即就領悟到情勢的困難。這一連串的罪行當中有（一定有）某種關聯，可是我們並不知道關聯為何。犯罪動機，這個重要無比的犯罪動機，目前杳無蹤影。既然不知動機，我們就看不出是什麼人處於被害的威脅下。
白羅一看我臉色，就知道我領悟到了我們處境之難，他不覺點點頭。
「你看，朋友，事情並非那麼容易。」
「沒錯，」我說，「我懂了。到目前為止，你還沒有發現這些不同案件之間的關聯？」
白羅點點頭。
「毫無發現。」
我再度陷入沉思。在ＡＢＣ謀殺案中，我們似乎必須釐清字母先後順序的含義，結果證明，事實卻大謬不然。
我問：「你很確定，這裡面毫無微乎其微的金錢動機？譬如說，像在伊夫林・卡列斯爾案件中那樣的金錢動機？」

「沒有。親愛的海斯汀，你應該可以確定，我頭一個考慮的就是金錢方面的動機。」

這是實話。白羅對金錢向來嫉之如仇。

我又開始思索。難道是仇殺之類的？這和事實比較相符。但即使如此，其中似乎依然沒有任何關聯。我想起我讀過的一則故事，述說一連串毫無目的的謀殺；破案的線索是：被害人正好都是陪審團的成員，而罪犯是他們過去審判過的一個男人。我想到，我們現在遇到的情況恐怕也是如此。只是我並沒有把這個想法說出來，如今想來，我感到慚愧。如果我當時就把這個解答告訴白羅，我一定能以此為傲。

我反而問道：「請告訴我，X是什麼人？」

令我大為惱火的是，白羅異常堅決地搖搖頭，口裡還說：「這個嘛，我的朋友，恕我不能奉告。」

「胡說。為什麼不能？」

白羅眨眨眼。

「因為，我的朋友，你還是昔日的那個海斯汀，凡事莫不形於色。你知道，我可不希望你坐在那裡，張大嘴巴猛盯著X看，臉上明明白白寫著：『這個人，我正在看的這個人，是個殺人凶手。』」

「如果必要，你就高抬貴手，替我稍微遮掩一下吧。」

「如果你試圖遮掩，事情會更糟。不，不，我的朋友，我們，就是你和我，必須完全不動聲色。等猛然出擊的時候一到，我們就猛然出擊。」

「你這個固執的老壞蛋，」我說，「我真想……」

我猛然收住話頭。有人在輕輕叩門。白羅喊道：「請進。」我的女兒茱迪思走了進來。

我真想為各位描繪一番茱迪思，可惜我對描繪別人向來不在行。

茱迪思身材頎長，總是高昂著頭，黑色的眉毛平如一線，面頰和下顎的線條十分可愛，樸素中見嚴肅。她總是端莊自持，略帶幾分高傲。在我看來，她整個人身上染有一絲悲劇色彩。

茱迪思沒有走過來吻我……她不是那種人。她只對我笑笑，說：「嗨，爸爸。」

她的笑容透著靦腆，有點不好意思，這讓我感覺到，雖然她十分含蓄，但見到我還是很高興。

「噢，我到了。」我才說出口，就覺得自己好笨……和年輕一輩在一起，我經常有這種感覺。

「你真聰明，親愛的老爸。」茱迪思說。

「我已經對他形容過這裡的伙食。」白羅說。

「這裡的伙食很糟嗎？」茱迪思問。

「你不該問這個問題，孩子。除了試管和顯微鏡，你是不是什麼都沒想過？你看你的中指，都被亞甲基藍弄髒了。以後如果你對丈夫的胃漠不關心，那可不是好事。」

「我敢說，我絕不會有丈夫。」

「你當然會有丈夫。上帝造你是為了什麼？」

「我希望，是為了能做許多事。」

「第一件事，就是結婚。」

「那好，」茱迪思說，「你幫我找個好丈夫，我就好好照顧他的胃。」

「她在笑我，」白羅說，「總有一天她會知道，不聽老人言，吃虧在眼前。」

門口又傳來一陣敲門聲，富蘭克林醫生走了進來。他三十五歲，個子瘦高，稜角分明，剛毅的下巴，一頭紅髮，明亮的藍眼睛。他是我認識的人當中手腳最笨的一個，總是心不在焉似地撞到東西。

他猛然撞到白羅輪椅的擋板，立刻半轉過頭，對它囁嚅地說了一句：「對不起。」

我正待笑出聲，卻發現茱迪思依然一本正經。我想，她對這種事大概已經習以為常了。

「你還記得我父親吧？」茱迪思說。

富蘭克林醫生吃了一驚，緊張得羞紅了臉，他鼓起勇氣偷偷覷著我，這才伸出一隻手，笨嘴拙舌地說：「當然，當然，你好嗎？我聽說你要到這裡來。」他接著轉向茱迪思：「我說，你覺不覺得我們的計畫需要改變？如果不變，晚餐後我們也許再繼續做一點。只要我們多準備一點切片……」

「不行，」茱迪思說，「我要和爸爸聊聊天。」

「噢，對。噢，當然。」他突然笑起來，是那種孩子氣、帶著歉意的笑。「對不起，我這個人做起事情來，專心得什麼都忘了。真是難以寬恕，顯得我如此自私。請你一定要原諒我。」

時鐘響起，富蘭克林匆匆瞄了一眼。

「老天，已經這麼晚了？我又要惹麻煩了。我答應過芭芭拉，晚餐之前要讀點東西給她聽。」

他衝著我倆咧嘴一笑，便急忙往外走，出門的時候撞到了門柱。

「富蘭克林太太還好嗎？」

「還是老樣子，恐怕更糟了。」茱迪思回答。

「她這樣體弱多病，真是遺憾。」我說。

「會讓一個醫生抓狂，」茱迪思說，「醫生都喜歡健康的人。」

「你們年輕人真沒同情心！」我的嗓門高了起來。

茱迪思冷冷地說：「我只是陳述事實。」

「再怎麼說，」白羅說，「那位好心的醫生還是趕回去讀東西給她聽。」

「真蠢，」茱迪思說，「如果她希望別人讀東西給她聽，她的護士完全可以勝任。就我個人來說，我討厭別人對我高聲朗讀。」

「啊，人各有所好。」我說。

「那女人蠢透了。」茱迪思說。

「我的孩子，」白羅說，「我可不贊同你的話。」

「除了最廉價的小說，她什麼都不看。她對他的工作毫無興趣，跟不上時代的思想潮流。她只會對每個聽得下去的人大談自己的病。」

「我依然相信，」白羅說，「她自會運用她的頭腦，而你，我的孩子，對它並無所知。」

「她是那種非常嬌弱的女人，」茱迪思說，「說話嗲聲嗲氣。我想你會喜歡那種女人，赫丘勒伯伯。」

「完全不對，」我說，「如果要他挑，他喜歡那種個頭高大、精力十足的俄國女人。」

「海斯汀，你這是掀我的底？茱迪思，你爸爸一向對金髮女郎有特殊偏愛。這讓他吃了不少苦頭。」

茱迪思對我們綻出微笑，笑容裡帶著縱容。她說：「你們兩個真是一對寶。」

她轉身離開，我也站起身子。

「我得去整理行李，晚餐前可能還要洗個澡。」

白羅伸手可及之處有個鈴，他往下一按。過了一兩分鐘，他的貼身男僕走進來。我訝異地發現，那人是個陌生人。

「怎麼？喬治哪裡去了？」

白羅的貼身男僕喬治已經跟了他多年。

「喬治回家去了。他父親生病。我希望他不久後還能回到我身邊。在這期間，」他對新男僕笑笑。「柯蒂斯會照顧我。」

柯蒂斯恭敬地回以一笑。他身材高大，有一張遲鈍的臉，看來一副傻相。

我正待往外走，發現白羅仔細地將那個裝有剪報的公文箱鎖了起來。

我心亂如麻地穿過走道，回到自己的房間。

04

那天晚上我下樓去吃晚餐，感覺我整個生活突然變得如此虛幻。

穿衣的時候我曾自問一兩次，這整件事可不可能是白羅自己的想像。我親愛的老夥伴畢竟已垂垂老矣，健康也不樂觀。他雖自稱腦子健全如昔，然而，事實真是如此嗎？他花了一輩子查案緝凶，結果把並不存在的犯罪想像成罪案，這樣的行徑其實不足為奇吧。他無法自由活動，一定令他異常煩悶，於是自己虛構出新的緝凶行動，這非常有可能。一廂情願的想法……這是一種完全有跡可循的精神症狀。他挑了幾樁命案的公開報導，在字裡行間編織出一些子虛烏有的東西……一個形跡可疑的黑影，一個瘋狂的連續殺人犯。埃思林頓太太的丈夫就是死於她之手；那個工人槍殺了自己的妻子；一個年輕女子為她年老的姑媽施以過量嗎啡；一個善妒的妻子曾經威脅要除去丈夫，後來果真下了手；一個瘋狂的老處女確實犯了弑父罪，而後投案自首，這些都是非常可能。事實上，這些罪行怎麼看都是一目了然！

而若說我對上述的想法（這簡直就是常識）有所存疑，我只能說那是因為我打從心底對白羅的聰明機智深信不疑。

白羅說，一樁凶殺案已經準備就緒。史岱爾莊會再度成為罪惡之屋。時間終會證實或推翻此一斷言。但如果確有此事，那麼我們責無旁貸，必須先發制人，阻止它的發生。

更何況，白羅已經知道那個我還渾然不知的謀殺者是什麼人。我愈想愈惱！真的，坦白說，白羅實在不夠朋友！他希望我合作，卻又不讓我分享他的祕密！

為什麼？他是對我說了個理由，但這絕對不是個恰當的理由！他每每說我「凡事莫不形於色」，這個愚蠢的玩笑我早已厭煩了。我和別人一樣，都能保守祕密。白羅老說我是個一眼就能看透的人，說誰都能從我臉上看出我心裡的念頭，這令我感到很羞辱。有時候，他為了減緩我受到的打擊，會說這是我美好而誠實的本性使然，因此嫉惡如仇！

當然，我想，整件事若純粹是出於白羅的幻想，那麼他的守口如瓶就很容易解釋了。

晚餐鑼響的時候，我依然沒想出個所以然來，於是我乾脆帶著坦蕩的心到樓下去吃飯。不過我還是以警覺的目光，搜尋著白羅設想出來的X。

一時之間，我彷彿將白羅所言奉為千真萬確的至理：在這棟屋子裡，有個人已經奪走五條人命，現在準備再度出擊。這人究竟是誰呢？

在進餐前，有人為我在客廳裡介紹了寇爾小姐和亞勒敦少校。前者年約三十三、四歲，是一位個子高眺、風韻猶存的女人。我一看到亞勒敦少校就討厭，他四十出頭，相貌英俊，肩寬體闊，古銅色的臉，言語輕佻，說的話多半帶有弦外之音，雙眼下的眼袋代表了生活放蕩。我懷疑他縱欲、好賭、酗酒，而且是個徹頭徹尾的嫖客。

我看得出來，老勒托爾上校也不喜歡他，而博伊．卡林頓對他也十分冷淡。

可是亞勒敦甚獲女人的青睞。勒托爾太太神采飛揚地和他說個沒完，他則懶懶地應付她幾句，對自己的輕慢幾乎毫不掩飾。我也氣惱地看到，茱迪思似乎也樂於和他為伴，她一反常態，極力和他攀談。為什麼壞男人總能讓最可愛的女人感到愉快和有趣呢？長久以來，這個問號總令我大惑不解。我憑直覺知道，亞勒敦是個無賴。十個男人當中，有九個會點頭同意我這句話，可是，十個女人當中大概有九個甚或全數，都會立刻迷上他。

當我們坐在餐桌旁，面前擺上盛裝著濃稠湯汁的盤子之際，我一面以目光在桌子四周梭巡，心頭一面盤算著各種可能性。

如果白羅所言不虛，他的腦子依然清醒健全，那麼這些人當中有一人是個危險的殺人凶手……或許還是個精神病患。

雖然白羅並沒有說，但我揣想，X可能是個男人。這幾個男人當中，哪一個最有可能呢？絕對不會是勒托爾上校，就憑他那副優柔寡斷、唯唯諾諾的懦弱樣。而那個我們相遇時身背雙筒望遠鏡、正從屋裡衝出來的諾頓呢？似乎也不可能。從外表上看，他這人看著挺順眼，既不能幹，又缺乏活力。當然，我對自己說；許多謀殺者都是無足輕重的小人物……唯其如此，他們才會以犯罪來表現自己。他們由於飽受忽視而積怨在胸。諾頓可能是這類的謀殺者。可是他愛鳥成癡。我一直相信，熱愛大自然是一個人健康的象徵。

難道是博伊．卡林頓？不可能。他舉世聞名，既是優秀的運動家又是行政官員，普遍受到愛戴和尊敬。我也把富蘭克林排除在外。我知道，茱迪思對他甚是敬重、仰慕。

只剩下亞勒敦少校了。我仔細對他打量了一番。我從沒見過這麼一個齷齪的小人！這種人連他老祖母的錢都敢騙。他渾身上下鋪滿了一層淺薄的魅力。現在他正侃侃而談，述說著自己的一樁糗事。他那自嘲的沮喪模樣，引得大家哄堂大笑。

我斷定，如果亞勒敦就是X，那麼他一定是為了謀利而犯罪。

可是，白羅並未明確地說X是個男人。所以我也思考了寇爾小姐是嫌疑犯的可能性。她的舉止煩躁不安、緊張兮兮，顯然是個神經質的女人。溫雅之中有種夢魘纏身的情態。儘管如此，她似乎很正常。她、勒托爾太太和茱迪思是餐桌上僅有的三個女人。富蘭克林太太在樓上自己的房間裡用餐，照顧她的護士要在我們之後才吃飯。

餐後，我站在客廳窗邊，望向窗外的花園，想起當年我初次見到辛西亞．莫道時的情景。她是個年輕的金髮女孩，身穿雪白的醫療服裝，踏著輕盈的步伐快步穿過草坪，那模樣迷人極了……

我兀自沉湎在往昔的回憶中，因此當茱迪思的臂膀挽住我的肘彎時，我不禁嚇了一跳。她將我從窗口拉開，和她一起來到陽台。

她口氣頗為唐突地說：「怎麼回事？」

我心裡一驚。

「怎麼回事？你是什麼意思？」

「你一整個晚上都好奇怪。晚餐的時候，你為什麼要對著每個人猛看？」

我好惱。沒想到我的心思竟然如此藏不住。

「是嗎？我想我是在回憶過往吧。也許我是看到鬼魂了。」

「啊，沒錯，你年輕的時候在這裡住過，對吧？是不是有個老太太曾經在這裡被人謀殺？」

「是被番木鱉鹼毒死。」

「她是什麼樣的人？好人還是壞人？」

我思索著這個問題。

「她是個非常和善的女人，」我緩緩說道，「很大方，捐了不少錢給慈善機構。」

「噢，是那種大方。」

茱迪思的話似乎帶著幾分嘲弄。接著她又問了一個怪問題。

「她的家人……都快樂嗎？」

不，他們並不快樂。至少我很清楚。我緩緩地說：「不快樂。」

「為什麼不快樂？」

「因為他們覺得自己像犯人。你知道，英格沙普夫人一人主掌經濟大權，而且樂善好施，所以她前夫的孩子們就不能有自己的生活。」

我聽到茱迪思深深倒抽一口氣，插在我臂彎中的手挽得更緊了。

「邪惡……這就是邪惡。這是濫用權力，不該被容許。老弱病殘的人絕不該控制年輕力壯的人的生活，讓他們受到束縛，讓他們本可運用的精力和能量受到侵蝕、消耗，因為我們需要那種精力和能量。這簡直是自私！」

「老年人並不是唯一有自私特質的人。」我冷冷地說。

「噢，我知道，爸爸，你認為年輕人很自私。或許如此，但這是一種無邪的自私。至少我們只是想做自己願意做的事，不會冀求別人做我們想做的事。我們可不想奴役別人。」

「沒錯。可是一旦他們擋路礙事，你們就會把他們踩到腳底。」

茱迪思挽緊我的臂膀，口中說：「別這麼刻薄！我並沒有把別人踩到腳底，而且對我們這些孩子，你也從來不曾想要支配我們的生活。我們對此非常感激。」

「話雖如此，」我實話實說，「恐怕我是巴不得去支配你們的生活。倒是你媽，她堅持要讓你們有犯錯的餘地。」

茱迪思再度挽緊我的臂膀。她說：「我知道。你巴不得像隻老母雞，對我們嘮叨個沒完。我討厭過分的關心，我受不了。不過，你同不同意我剛說的，無用的生命往往犧牲了有價值的生命？」

「有時候確實如此，」我承認。「不過並沒有訴諸激烈手段的必要。你知道，任何人都可以踏出家門，一走了之。」

「沒錯，可是真是這樣嗎？真的嗎？」

她的口氣如此激動，我不禁訝異地望著她。天色已黑，我看不清她的臉。她繼續往下說，聲音低沉而苦惱。

「太複雜了……好難。金錢的考量、責任感、不願傷害你所愛的人的感情，諸如此類一大堆。還有，有些人簡直無所忌憚，他們深諳玩弄感情之道。有些人……有些人就像吸血鬼一樣！」

「親愛的茱迪思。」我喊出來。她語氣的憤慨激昂令我大為吃驚。

她似乎也察覺到自己過於激動，於是一面大笑，一面將臂膀從我的肘彎裡抽出來。

「我的話聽起來是不是太激烈了？對於這種事，我一向熱血沸騰。你知道，我聽說過一樁命案，死者是個殘忍的老頭。後來有個女人勇敢地掙脫束縛，讓她所愛的人獲得了自由，可是大家說她瘋了。這是瘋狂嗎？對任何人來說，這無疑都是心智最健全的做法，而且是最勇敢的做法！」

我的心頭襲上一陣恐懼。我是在哪裡，而且是不久之前，聽過類似的事情？

「茱迪思，」我立刻問她，「你說的是什麼案子？」

「噢，那些人你都不認識。是富蘭克林家的一些朋友。那老頭叫作利奇菲德。他很有錢，可是常常讓他幾個可憐的女兒挨餓。他從來不許她們見任何人，也不讓她們出門。他其實就是瘋子，只是還不足以構成醫學上的瘋狂定義。」

「而他的大女兒殺了他。」我說。

「噢，我想你看過這個案件的報導吧？我想，你一定會把它稱為謀殺，可是，凶手犯案的動機並不是為了個人。瑪格麗特．利奇菲德在犯案後，直接到警局去投案。我認為她非常勇敢。我沒有這種勇氣。」

「你是指投案的勇氣，還是殺人的勇氣？」

「我都沒有。」

「聽你這麼說我太高興了，」我語氣嚴肅地說，「我不喜歡聽到你為某些命案的謀殺行為辯護。」我頓了頓，又加上一句：「富蘭克林先生的想法呢？」

「他認為那老頭咎由自取，」茱迪思說，「你知道，爸爸，有些人之所以被殺，真的是自找的。」

「我不准你這麼說話，茱迪思。是什麼人灌輸你這種觀念？」

「沒人。」

「那好，我告訴你，這全是有害的謬論。」

「我知道。我們姑且就這麼結論吧，」她頓了頓。「我來找你，其實是因為富蘭克林太太要我帶個口信給你。她想見你，如果你不介意上樓到她臥房去的話。」

「我樂於從命。我為她難過，病得連下樓吃飯都做不到。」

「她好得很，」茱迪思冷冷地說。「她只是喜歡小題大做。」

年輕人可真沒有同情心。

05

我以前只見過富蘭克林太太一次。她三十歲左右，如果要我形容，我會說她很像義大利畫家筆下的聖母。褐色的大眼睛，中分的頭髮，一張溫和的長臉。她的身材極為苗條，皮膚透明而細嫩。

她正躺坐在一張歇床上，身後靠著背墊，身穿一件做工考究、藍白相間的長睡袍。

富蘭克林和博伊．卡林頓也在那裡喝咖啡。富蘭克林太太面帶微笑，伸手表示歡迎。

「海斯汀上尉，你來了我真高興。對茱迪思也好。這孩子工作實在太勤奮了。」

「她似乎樂在其中。」我握著那隻柔弱的小手，口中說道。

芭芭拉．富蘭克林嘆了口氣。

「沒錯，她很幸運。我真羨慕她。事實上，我不相信她會懂得身體不好是什麼滋味。你的想法呢，護士小姐？噢！容我為你介紹，這位是我的護士克雷文小姐。她對我好得不得了。如果沒有她，我真不知如何是好。她照顧我，就像照顧小嬰兒似的。」

克雷文是個高大、漂亮的年輕女子，臉色紅潤，一頭金棕色秀髮。我注意到她的手指修長白皙，和許多醫院護士的手大不相同。在某些方面她很沉默寡言，有時候別人問她話，她也不答。現在的她就是這樣，光是點頭回應。

「不過，說真的，」富蘭克林太太又說，「約翰讓你那可憐的女兒太操勞了，就像使喚奴隸一樣。你是奴隸的主人，對吧，約翰？」

她丈夫正佇立窗前向外望，他一面吹著口哨，一面把口袋裡的零錢弄得叮噹響。聽到他太太的問話，他微微一驚。

「你說什麼，芭芭拉？」

「我在說你讓可憐的茱迪思．海斯汀過度操勞，真該感到慚愧。現在海斯汀上尉也來了，我要和他聯手想想辦法，不許你再這麼做。」

富蘭克林醫生向來不善於調侃。他似乎茫然又憂心，探詢似地轉向茱迪思，囁嚅說道：「如果我讓你過於勞累，你要告訴我。」

「他們只是開玩笑。說起工作，我正想問問你第二塊切片的著色問題。你知道，就是那塊……」茱迪思說。

他立刻熱切地轉向她，插口說道：「沒錯，沒錯，我說，如果你不介意，我們就到實驗室去吧。我想確定……」

兩人一邊交談，一邊走出房間。

芭芭拉・富蘭克林又靠回背墊，嘆了氣。克雷文護士突然開口，語氣很不悅。

「我認為，海斯汀小姐才是奴隸的主人呢！」

富蘭克林太太又嘆了口氣。她低聲說：「我覺得自己真沒用。我知道我應該對約翰的工作多點關心，可是我就是做不到。我敢說，我一定有什麼毛病，可是……」

站在壁爐旁的博伊・卡林頓鼻孔哼了一聲，打斷了她。

「胡說。芭芭拉，」他說，「你好得很。不要自尋煩惱。」

「噢，可是，親愛的博伊，我真的很煩惱。我好氣自己。那些東西——我忍不住這麼覺得——都好可厭。那些天竺鼠、老鼠之類的，全都令人作嘔！」她身子顫了一顫。「我知道這很蠢，但我就是這麼一個傻瓜。我看到那些東西就想吐。我只願意想那些可愛而令人開心的東西，鳥兒、花兒、孩子玩耍之類的。這你是知道的，博伊。」

他走到她面前，握住她那隻向他伸來的求援之手。他低頭望著她，那張臉完全變了，溫柔得像個女人。這種變化令人印象深刻，因為博伊・卡林頓基本上是個很有男子氣概的男人。

「芭芭拉，和你十七歲的時候比起來，你幾乎不曾改變。」他說，「你還記得你家那棟花園洋房、給小鳥戲水用的盆子，和那些椰子嗎？」

他轉頭面向我。

「芭芭拉和我是老玩伴。」他說。

「什麼老玩伴！」她抗議。

「噢，我不否認你比我小十五歲，不過雖然當時我是個青年，跟你玩起來就像個小娃娃似的。親愛的，我常讓你騎在我的肩頭上。後來我回國，發現你已經是個亭亭玉立的漂亮小姐，正待進入社交界……我於是盡我的本分，把你帶到高爾夫球場，教你打高爾夫球。你還記得嗎？」

「噢，博伊，你想我會忘記嗎？」

「我們家過去住在這一帶，」她對我解釋，「博伊常到奈頓宅來，陪他的老舅舅埃弗拉德爵士小住。」

「那棟房子好大又好陰森，」博伊．卡林頓說，「有時候，我會覺得那地方根本不能住人。」

「噢，博伊，那地方可以整修得很漂亮……可以整修得富麗堂皇。」

「沒錯，芭芭拉，問題是我對修繕毫無概念。加幾間浴室，買幾張真正舒服的椅子……我只能想到這些。這種事需要女人來做。」

「我告訴過你，我會去幫忙。我說話算數，真的。」

威廉爵士半信半疑地望望克雷文。

「如果你還撐得住，我可以開車帶你去。你覺得呢，護士小姐？」

「噢，可以的，威廉爵士。我真的認為這對富蘭克林太太有好處。當然，只要她小心，不讓自己過度疲累就行。」

「那就一言為定，」博伊・卡林頓說，「今晚你好好睡個覺，明天就會精神十足。」

我們向富蘭克林太太道了晚安，一起走出房門。下樓時，博伊・卡林頓粗聲粗氣說道：「你不知道，她十七歲的時候有多可愛。那時候我剛從緬甸回國……你知道，我的妻子就在那裡過世。現在告訴你也無妨，我當時真是全心全意迷上了她。四五年後，她就嫁給了富蘭克林。別以為他們的婚姻幸福。在我看來，那才是她身體不好的根本原因。那傢伙不了解她，也不欣賞她。她是個嬌弱敏感的女人。依我看，她的嬌弱一部分是出於神經質。只要別讓她老想著自己，逗她開心，讓她覺得有趣，她就會判若兩人！可是她那該死的醫生丈夫，只對試管和西非土著西非文化感興趣。」他嗤之以鼻，語氣憤慨不已。

我想，博伊・卡林頓的話或許不無道理，可是他對富蘭克林太太竟然如此迷戀，這令我感到訝異，因為無論怎麼看，富蘭克林太太雖然美麗得像個嬌嫩的巧克力盒，畢竟是個病懨懨的女人。博伊・卡林頓是個充滿活力、生氣蓬勃的男人，我本以為他對這個神經過敏又體弱多病的女人一定很不耐煩。話說回來，芭芭拉・富蘭克林在她荳蔻年華的時候一定貌美如花，這種早年的印象對許多男人（尤其是抱持理想主義的男人；我認為博伊・卡林頓就是一個）勢必難以忘懷。

我們一下樓，就被勒托爾太太逮個正著，建議來場橋牌。我藉口要去看白羅，道了歉便告退。

我發現我的朋友躺在床上，柯蒂斯正來回走動收拾著。沒多久他便走出房間，還把身後的門帶上。

「白羅，你真該罵，」我說，「都是你和你那什麼事都深藏不露的鬼脾氣。害我一整晚都在找那個X。」

「所以你一定多多少少露出魂不守舍的樣子，」我的朋友說，「沒人對你那副失神落魄的模樣感到疑惑，問你出了什麼事嗎？」

我的臉紅了，想起剛才茱迪思的問話。我想，白羅一定注意到我的窘態，因為我發現他的嘴角掛著一抹嘲弄的微笑。不過他只說：「關於這點，你得到什麼結論了嗎？」

「如果我說對了，你會告訴我嗎？」

「當然不會。」

我仔細觀察他的臉。

「我先想到諾頓……」

白羅的臉文風不動。

「我不見得考慮得很周到，」我說，「只是他讓我覺得，他是X的可能性比任何人都來得大。更何況，他這人……呃，很不起眼。在我想來，我們要追緝的謀殺者應該是個不起眼的人。」

「沒錯。不過，不起眼的方式比你想像的要多。」

「你是什麼意思？」

「我們姑且舉一個假設的例子來說。一個心懷不軌的陌生人若在命案發生的幾週前來到某地，如果他來並沒有明顯目的，大家就會注意他。而如果這個陌生人裝成一個容易讓人忽略的小人物，又從事一些諸如釣魚之類的無害消遣，那不是比較好嗎？」

「或是觀察鳥類，」我附和道，「沒錯。我說的就是這個意思。」

「話說回來，」白羅說。「如果凶手已經是個形象鮮明的人物，那就更好了……例如一個屠夫。這樣更為有利，因為沒人會注意屠夫身上的血跡！」

「你這樣說就太異想天開了。如果屠夫和麵包師傅吵架，每個人都會知道。」

「可是，如果這人僅僅是為了找機會謀殺麵包師傅才去做屠夫，那就不然。我的朋友，凡事都該退後一步看。」

我更仔細地看他，想知道這些話當中是否隱藏著什麼蛛絲馬跡。如果這些話是存心意有所指，他指的似乎是勒托爾上校。他是否就是為了得到殺害某個住客的機會，才特意開了這家旅店呢？

白羅極輕極慢地搖搖頭。他說：「你不會從我臉上看出答案。」

「白羅，你這人真令人抓狂，」我邊說邊嘆氣。「不過，諾頓並不是我懷疑的唯一對象。亞勒敦這傢伙如何？」

白羅的臉仍然一無表情，只是問：「你不喜歡他？」

「沒錯，我不喜歡。」

「啊。他就是你所謂的齷齪小人，對吧？」

「他不折不扣就是。你不認為嗎？」

「當然，」白羅緩緩說道，「這個男人對女人很有吸引力。」

「女人怎麼這麼傻？像他那樣的人，她們能看上他什麼呢？」我輕蔑地喊道。

「誰知道呢？但事情往往就是如此。那些壞胚子……女人總會被他們吸引。」

「為什麼？」

白羅聳聳肩。

「也許，她們能看到一些我們看不到的東西。」

「但那些東西是什麼呢？」

「或許是危險吧。我的朋友，每個人在生活當中都需要危險的調劑。有的人拿別人的危險來娛樂自己，例如看鬥牛。有人從書中享受危險的滋味，有的則從電影中尋找。不過有一點我很肯定……人類天性不喜歡過度的安逸。男人尋找危險的方式通常是五花八門，女人則退而求其次，多半從性的方面去尋找。這或許就是她們展臂歡迎虎狼之徒的挑逗，對那些會成為好丈夫的老實男人卻不屑一顧的原因。」

我一言不發，悶悶地將這番話細想了好幾分鐘。隨後我又回到先前的話題。

「你知道，白羅，」我說，「要找出X是誰，對我來說其實再容易不過。我只要到處打聽，找出什麼人認識所有那些人就行了。我的意思是認識你那五樁命案中的被害人。」

我洋洋得意地道出這一番話，而白羅只以嘲弄的眼神看了我一眼。

「海斯汀，我請你到這裡來，並不是為了看你笨手笨腳、徒勞無功地重蹈我的覆轍。我告訴你，這案子並不是你想像的那麼簡單。那些命案有四樁發生在本郡。聚居於這棟房子的人，並非互不關聯的陌生人。這家旅店和一般旅館的定義不同。勒托爾夫婦是本地人；他們境況不佳，於是買下這塊地，當成投資事業來經營。來到此地的人都是他們的朋友，要不就是經由朋友介紹來的朋友。威廉爵士首先說服富蘭克林夫婦住進來，而那對夫妻又推薦諾頓——我相信，還有寇爾小姐——進來，一個拉一個。換句話說，你如果認識他們當中某個人，就很可能認識所有的人。對於那些眾所周知的事實，X大可說謊搪塞過去。就拿工人李格命案來說，發生那齣悲劇的村莊就離博伊．卡林頓的舅舅家不遠。富蘭克林太太的家人也住在附近。觀光客多半會住宿在村裡的客棧，富蘭克林太太家的幾個朋友過去就常在那裡落腳。富蘭克林本人在那裡住過，諾頓和寇爾小姐也很可能住過。

「別這樣，老友，請你別打那些笨主意，企圖揭露我拒絕向你透露的祕密。」

「你這麼說實在可笑，就好像我真會洩漏祕密似的。告訴你，白羅，關於看我的臉就能看穿我心思的笑話，我已經厭煩了。這種笑話並不好笑。」

「難道你就那麼肯定，我不告訴你僅僅是為了這個原因？朋友，難道你不明白，了解真相很可能會為你帶來危險？難道你不明白，我不告訴你是因為我關心你的安危？」白羅平靜地說。

我張口結舌望著他。直到此時此刻，我才意識到這一點。這當然是實話。若是一如他所想，一個詭計多端、犯案五次尚能全身而退的殺人凶手，一旦察覺到有人在跟監，那麼追蹤他的人當然是身處危境。

我立刻問道：「可是你呢？你自己難道沒有危險嗎，白羅？」

雖然行動不便，白羅還是極力擺出不屑之至的姿勢。

「我已經習以為常了。我會保護自己。再說，我忠實的衛士不也在這裡保護我嗎？我傑出的、忠實的海斯汀！」

／06

白羅是個早睡早起的人。因此我離開他房間，讓他早點入睡。我朝樓下走去，半路上停下來和男僕柯蒂斯說了幾句話。

我發現他很遲鈍，很慢才能聽懂別人的話，但他也是個值得信任的人，工作也勝任愉快。白羅自埃及歸來後，柯蒂斯就一直跟在他身邊。他對我說，他主人的健康相當不錯，不過幾次心臟病發令他驚惶不已，而且白羅的心臟過去幾個月來已迅速惡化。這是發動機慢慢失效的徵兆。

也好，那台發動機有過美好的一生。話雖如此，我的心為我的朋友痛苦翻騰，他在下坡的每一步上，依然激昂奮戰。即使是現在，不良於行又身體孱弱，但他那不屈不撓的精神依然引領著他，奮力從事於他那已爐火純青的專業。

我滿腹憂傷地走下樓來。我難以想像，沒有白羅的生活會是如何。

在客廳，一場牌局正好結束，他們邀請我加入。我想，這或許可以讓我分心，於是點頭答應。下場的是博伊・卡林頓。我和諾頓、勒托爾上校夫婦一塊玩了起來。

「諾頓先生，」勒托爾太太說，「我們上回聯手打對家非常成功，這一回我和你就再度聯手，意下如何？」

諾頓愉快地笑了笑，口裡卻低聲說：「大概吧，不過說真的，他們應該分……分什麼？」

勒托爾太太同意了，不過相當勉強，我想。

諾頓和我一組，和勒托爾夫婦對打。我注意到，勒托爾太太顯然滿肚子不高興。她猛咬嘴唇，一時之間，她的魅力和愛爾蘭土腔消失得無影無蹤。

不久我就發現了箇中原因。我後來和勒托爾上校打過幾次對家，他其實打得不壞，是那種我願意稱為穩健的牌手。可是他記性不好，不時就會因為記錯而大大失誤，而一和他的太太做對家打牌，失誤更是接二連三。他顯然對她畏懼有加，因此和她聯手，成績要比一般情況糟上三倍。勒托爾太太確實是個非常好的牌手，儘管和她一起打牌並不愉快。她會極盡占便宜之能事，只要對手稍不注意，就把規則置諸腦後，可是一旦規則對她有利，她就立刻要求大家非照規則打不可。在迅速偷看對手的牌方面，她的技術也是無懈可擊。換句話說，她玩牌就是為了贏牌。

而且，我很快就領教到，白羅說她的嘴尖利如刀是什麼意思。她一打牌，自制力就消逝無蹤，一張嘴狠命地對她可憐的丈夫犯下的每個過失大加撻伐。這讓我和諾頓兩人如坐針氈，所以等到牌局結束，我真是謝天謝地。

我們兩人都以時間不早為由，藉口告退。

等我們走遠了，諾頓不再戒慎小心，胸中情緒一古腦兒流瀉而出。

「我說，海斯汀，這實在太恐怖了。看那可憐的老傢伙被欺負成那樣，我簡直汗毛直豎。而他居然逆來順受！可憐的傢伙。他哪裡像是傳說中那個舌尖嘴利的印度上校。」

「噓。」我警告諾頓，因為他不自覺提高了嗓門，我怕老勒托爾上校聽到。

「不會的。可是他實在太可憐了。」

我語帶同情說道：「如果他拿斧頭宰了她，我可以理解。」

諾頓搖搖頭。

「他不會的。他已經受罪受慣了。他會一面扯著嘴上的八字鬍，唯唯諾諾地一面繼續說：『是，親愛的；不，親愛的；對不起，親愛的。』直到進棺材為止。就算他想替自己說幾句話，他也說不出來。」

我搖搖頭表示遺憾。諾頓說的恐怕是實情。

我們在大廳逗留了一陣。我發現通往花園的側門開著，風直往屋裡灌。

「我們是不是應該把門關上？」我問。

諾頓猶豫片刻，這才說道：「噢……呃……我想還有人在外面。」

我的腦海突然閃現出一絲狐疑。

「誰在外面？」

「你女兒，我想；還有……呃……亞勒敦。」

他極力讓他的聲音聽來漫不經心，但他的話令我想起和白羅的那次談話。我感到一陣突如其來的煩躁不安。

茱迪思和亞勒敦。我那聰明、冷靜的茱迪思，應該不會上那種人的當吧？她一定會看清他的真面目吧？

我一面更衣，一面一遍又一遍地對自己這麼說，但那股隱約的不安感揮之不去。我無法入睡，躺在床上輾轉反側。

暗夜想起煩心事，什麼事都會被誇大。一股強烈的絕望和失落感席捲了我。如果我親愛的妻子尚在人世該有多好。多少年來，我一直依靠她的判斷。她總是如此明智，如此深諳孩子心理。

失去了她，我感到悲涼而力不從心。我得為孩子們的安全和幸福負責。而我能勝任嗎？上帝幫助我吧，我不是個聰明的男人。我犯過錯，甚至是極大的謬誤。如果茱迪思失去了幸福的機會，如果她將來受苦受罪……

情急之下，我打開床頭燈，坐直身子。

這樣下去不是辦法。我一定得睡一下。我下了床，走到洗臉盆前，猶豫地望著那瓶阿斯匹靈。

不，我需要比阿斯匹靈效果更強的東西。我想，白羅可能有安眠藥之類的。我穿過走道，朝他的房間走去。我在他的門外躊躇片刻，覺得實在不好意思吵醒老友。正在猶豫的當下，我聽到腳步聲。於是四處張望，只見亞勒敦沿著走廊向我走來。燈光十分昏暗，直到他走近，我才看清他的面孔，也才知道來者何人。可是等我看清楚時，我立刻渾身發涼，因為他正自顧自地微笑著。我討厭那種笑容。

他抬起頭，眉毛一挑。

「嗨，海斯汀，還沒睡？」

「睡不著。」我答得簡簡單單。

「小事一樁。我馬上就幫你搞定。跟我來。」

我跟著他走進他的房間。他的房間就在我隔鄰。我油然生出一股奇異的衝動，想極盡所能，把這人好好研究一番。

「你也睡得很晚。」我說。

「我從來就不曾很早上床，就算在國外比賽的時候也一樣。像這樣的良辰美景，豈能輕易放過。」

他笑起來。我討厭那種笑容。

我跟著他走進浴室。他打開一個小櫃，取出一瓶藥丸。

「這就是。這是道地的麻醉藥。你會睡得像根木頭，而且好夢連連。上好的催眠劑……

這是它專利的藥名。」

他聲音裡的熱情令我感到震驚。難道他還吸毒嗎？我支支吾吾地說道：「這……不會有危險嗎？」

「吃多了才會有危險。這是一種巴比妥酸鹽，毒性和一般催眠藥差不多，」他露出微笑，上揚的嘴角將他的臉牽動成一種令我看得很不舒服的模樣。

「我想，沒有醫生處方是買不到的吧。」我說。

「是買不到，老兄。坦白說，就你而言，你是不可能買到的。我有門路。」

我想我真是夠笨的，但就是忍不住衝動，我脫口而出。

「我想，你該認識埃思林頓吧？」

我當下就知道，我觸到了他某根神經。他的眼神變得嚴峻而警覺。他聲調一變，以輕鬆而虛假的語氣說道：「噢，沒錯，我是認識埃思林頓。可憐的傢伙。」我沒作聲，於是他又說：「埃思林頓當然吸毒，可是他過量了。一個人要懂得適可而止，而他不懂。很遺憾。他的太太倒是幸運。要不是陪審團同情她，早就上絞刑台了。」

他遞給我兩顆藥丸，接著隨口問道：「你也認識埃思林頓？」

我老實回答：「不認識。」

一時之間，他似乎不知如何接口。片刻後，他以一聲輕笑打破了僵局。

「那傢伙很有意思。他不是那種會在星期日上教堂做禮拜的人，不過有時候不失為一個好伴。」

我謝過他的藥，就回房去了。

當我再度躺下關上燈，我也不知道自己是不是很傻。

我有種強烈的感覺，亞勒敦就是X，八九不離十。而我已經讓他知道我對他的懷疑。

07

對於我在史岱爾莊度過的這段日子，我的敘述勢必顯得頗為零亂。在我的回憶裡，這段日子呈現在我眼前的只是一連串的對話……一連串有弦外之音又深印在我腦海裡的字句。

首先我意識到，赫丘勒·白羅已經是個老弱多病、回春無望的人了。我確實相信，他的頭腦一如他所說，依然敏銳如故，可是看到他的身軀敗壞如此，我立刻領悟到，我的角色定然要比往昔更舉足輕重得多。我有如白羅的耳目。

確實，每當天氣不錯，柯蒂斯就會輕輕抱起他的主人，小心翼翼地走到樓下，坐進那張事先已搬下樓等候的輪椅上。接著他會將白羅推到花園，選一個無風的所在安置好。而如果天候不佳，他會把白羅安排到客廳去。

無論白羅坐在什麼地方，總有人跑來陪他坐著聊天，不過這和他隨心所欲去找人談心畢竟是兩回事。他無法選擇自己願意交談的對象。

我才來第二天，富蘭克林就帶我去參觀他那間設於花園內的老舊研究室。那間研究室的設備粗陋，不過供科學研究尚敷使用。

我且在此聲明，我這人沒什麼科學頭腦，我下面所敘述的富蘭克林的工作，很可能會用錯術語、謬誤百出，讓行家看笑話。

在我這個純粹的門外漢看來，富蘭克林所做的實驗，是從加拉拔豆[2]、也就是毒扁豆當中，萃取多種生物鹼。有一天，我聽到富蘭克林和白羅的對話，這才對這項工作有了進一步的了解。茱迪思就像一般熱心認真的年輕人一樣，極力為我講解，可是她的說明太專業了，令我一頭霧水。她真有學問，先提到毒扁豆生物鹼、毒扁豆鹼、囊毒鹼、氧化毒扁豆鹼，接著又提起一些聽來難以思議的物質，例如新斯狄明或稱3羥苯基三甲基銨的脫甲基碳酯，沒完沒了的。還有一大堆似乎是同類的東西，只是萃取法不同。總而言之，這些東西對我來說有如天書一般，於是我問了一句，這一切對人類有什麼好處，結果引來茱迪思的鄙夷。毫無疑問，沒有什麼比這個問題更能激怒真正的科學家。聽我這麼一問，茱迪思先是立刻對我投以輕蔑的眼神，接著又是一段冗長而深奧的解釋。據我半猜半想，她主要是說，西非有些不知名的土著部落，對一種同樣不知名不過會致命的疾病具有非凡的免疫力。我還記得這種病叫作喬丹症，因為它是由一位熱心的喬丹醫生首先發現的。這是一種極為罕見的熱帶疾病，過去曾經一兩度有白種人被感染，結果因此喪生。

我冒著讓茱迪思勃然大怒地危險說道：「去研究某種可以消除麻疹後遺症的藥，才是更為明智！」

茱迪思對我解釋，她的語氣又是憐憫又是輕蔑。「人生唯一值得追求的目標是增進人類的知識，而非對人類有益。」

我以顯微鏡觀察一些切片，研究幾張西非土著的照片（這倒真是一種娛樂），又對那些關在籠裡、吃了催眠藥的老鼠瞄了一眼，就趕緊踏出房門走到戶外。

一如我剛才說過的，直到富蘭克林和白羅那次談話之後，我才勾起了興趣。

「你知道，白羅，」他說，「其實這東西對你要對我更有意義。這種豆又叫作神判豆，可以用來證明一個人是否清白無辜。那些西非土著私底下都這麼相信……或者說，他們過去都是這樣做，只是現在變得滑頭多了。他們會一本正經地吞下毒扁豆，深信如果自己有罪，豆子會毒死他們，而如果自己無辜，他們會毫髮無傷。」

「老天，那他們都死了吧？」

「不，不是每個人都死了。這是一個直到今天依然沒有受到重視的現象。這裡頭其實大有文章；依我看，這是巫醫的一種騙術。這種豆子有兩個截然不同的品種，只是外表一模一樣，難以辨識。事實上，兩種豆子是有差別的。它們都含有毒扁豆鹼和氧化毒扁豆鹼之類的

2 加拉拔豆（Calabar Bean），產於熱帶非洲的豆科蔓生植物。

成分，但是你可以從第二個品種當中（至少我認為我可以）再分離出另一種生物鹼，將其他幾種生物鹼的效果抵銷掉。更重要的是，某種密教儀式的一些核心分子會定期服用第二種豆子，而這些人永遠不會感染到喬丹症。這第三種物質對肌肉組織有不凡的效果……不會發生毒性反應。這太有意思了。遺憾的是，純的生物鹼很不穩定，不過我還是有所進展。只是我們希望能有實例，可以當場多做點研究。這是應該做的！沒錯，這是無論如何都該做的。我就算把靈魂賣給……」他的話戛然而止，接著咧嘴笑了。「請原諒我，滿嘴不離本行。一說起這種事，我就興奮過度。」

「一如你所說，」白羅從容說道，「如果我能如此輕易就測出一個人有罪還是無罪，那麼我這一行確實好幹多了。啊，要是有一種物質能發揮如你所說的加拉拔豆的效果，那該有多好！」

富蘭克林說：「是啊，可是你的問題不會就此結束。畢竟，什麼叫作有罪，什麼叫作無罪？」

「我認為，有罪無罪的界限涇渭分明，毫無疑問。」我說。

他轉向我，口中說道：「什麼是惡？什麼是善？善惡的觀念隨著各個時代而異。你所測試的，可能只是判定一個人的罪惡感或是自認無辜的念頭。這種測試其實毫無意義。」

「我不懂你為什麼會有這種想法。」

「親愛的朋友，假如有這麼一個人，認為自己義無反顧，有權利去殺死獨裁者、放高利貸的金主、皮條客，或是任何激起他道德義憤的人。你認為他是犯罪，可是他自認清白。那麼，你那可憐的神判豆該怎麼辦呢？」

「殺人，」我說，「總會心存罪惡感吧？」

「我很想殺掉許多人，」富蘭克林醫生說得輕鬆愉快。「可別以為我的良心在事後會讓我夜不成寐。你知道，我認為人類有百分之八十都該消滅。少了那些人，我們會過得更好。」

他站起身，一面開心地吹著口哨，一面信步走遠。

我帶著不解，望著他的背影。白羅發出一聲輕笑，讓我回過神來。

「我的朋友，你看起來活像是個剛發現蛇蠍巢穴的人。我們不妨祈禱，這位醫生朋友不會劍及履及，說到做到吧。」

「啊，」我說，「可是如果他當真去做了呢？」

§

幾經躊躇，我決定和茱迪思談談亞勒敦的問題。我覺得我必須了解她的反應。我知道她是個頭腦冷靜的女孩，有能力照顧自己，我也相信她不會被亞勒敦那種廉價的吸引力所迷住。我想我之所以想找她談談，其實是因為我想證實我的想法無誤，好放下心來。

遺憾的是，我沒達到我的目的。我敢說，我進入主題的方式太沒技巧。年輕人最討厭長者的忠告。我說話時盡量漫不經心、輕描淡寫。但我想我是失敗了。

因為茱迪思立刻火冒三丈。

「你這算什麼？」她說，「以長輩之姿警告我要提防那隻大惡狼嗎？」

「不，不，茱迪思，當然不是。」

「我想，你並不喜歡亞勒敦少校？」

「坦白說，我是不喜歡他。事實上，我想你也不喜歡他。」

「為什麼？」

「這個……呃……他不是你喜歡的那種類型，對吧？」

「那你認為我會喜歡哪一類型的人，爸爸？」

茱迪思總會冷不防將我一軍，我立刻陷入困境。她站在那裡看著我，嘴角微微上翹，透出一絲輕蔑的笑意。

「你當然不會喜歡他，」她說，「可是我喜歡他，覺得他這人很有趣。」

「啊，有趣……大概吧。」我竭力想大事化小。

「他很迷人。任何女人都會這麼想。當然，男人不會了解。」茱迪思卻故意說道。

「男人確實不會了解，」我實在很笨，接著又說道：「那天你和他待在外面，夜那麼深了……」

她不容我說完，就大發雷霆。

「爸爸，你真的好傻。你難道不明白，我這個年齡已經有能力處理自己的事？我做什麼，或是我選擇和什麼人交朋友，你完全沒有權力左右我。為人父母者就是因為對子女的生活胡加干涉，才會造成子女對父母的憤怒。我非常愛你，可是我已經成年，我有自己的生活。你可別把自己當成是巴特雷先生。」

這番毫不留情的話深深刺傷了我，令我無言以對。茱迪思快步走開了，留下我一人站在那裡。我沮喪不已，覺得自己真是弄巧成拙。

我兀自站著沉浸在自己的思緒中，富蘭克林太太的護士調皮的叫聲讓我回過神來。

「海斯汀上尉，你在想什麼？」

有人打斷我的沉思，我很高興，便快樂地轉過身來。

克雷文護士的確是個漂亮的小姐。她的態度或許活潑了些，不過畢竟是個聰明又令人開心的女孩。

她剛將她的病人安頓在離臨時實驗室不遠的地方曬太陽，這才朝我走來。

「富蘭克林太太對她丈夫的工作感興趣嗎？」我問。

克雷文一甩頭，以不屑的口吻說道：「噢，對她來說，那東西太專業了。海斯汀上尉，你知道，她一點都不聰明。」

「我想也是。」

「當然，只有懂醫藥的人才會欣賞富蘭克林醫生的工作。你知道，他真的很聰明。腦筋非常靈光。可憐的人，我為他難過。」

「為他難過？」

「沒錯。這種事屢見不鮮。我的意思是，娶了個完全不同掛的女人。」

「你認為他們兩個很不般配？」

「你不這麼想嗎？他們毫無共同點。」

「他似乎很愛她，」我說，「比如說她想做什麼，他就會盡力去做。」

克雷文不以為然地笑起來。

「她倒是真有這個本事！」

「你是說她在利用……利用她的體弱多病來達到目的？」我疑惑地問道。

克雷文又笑了。

「本性難移，她隨心所欲慣了。我們這位貴夫人想要什麼，就一定會得到手。有些女人就是這樣，精明得像一群猴子。如果有人不順她們的意，她們不是朝後一倒，閉上眼睛，做出一副我見猶憐的病弱模樣，就是大發雷霆。不過，富蘭克林太太是我見猶憐的那一型。她若是整夜不睡覺，隔天早上就會滿臉蒼白、渾身無力。」

「但是她確實有病，對吧？」我聞言一驚，立刻問道。

克雷文瞥了我一眼，眼神頗為怪異。她冷冷說道：「噢，那當然。」隨即突兀地轉換了話題。

她問我，我是不是很久以前，在第一次世界大戰期間就來過這裡。

「沒錯。」

她壓低嗓門說道：「這裡曾經出過命案，對吧？是一個女傭告訴我的。被殺的是個老太太？」

「是的。」

「當時你人正好在這裡？」

「對。」

她身軀一陣輕顫，口中說道：「看來就是這個原因，對吧？」

「什麼原因？」

她立刻斜覷我一眼。

「這個……這個地方的氛圍。難道你沒感覺到嗎？我有感覺到喔。有些事不對勁……如果你明白我的意思。」

我沉默半晌，不斷思索。她剛說的是實話嗎？難道某個地方發生過暴力犯罪——那樁命案是出於處心積慮的預謀——就會留下強烈的氛圍，以至於多年後依然令人感受得到？通靈的人會這麼說。難道多年前發生於史岱爾莊的那樁命案，至今依然留有痕跡？想當年，就在此處，在這四壁之內、這個花園裡，謀殺的念頭縈繞不去，並且愈來愈濃，終於釀成了最後那一幕。難道這裡的空氣依然沾染有那種念頭嗎？

克雷文護士突然說話，打斷了我的思路。

「我住過一幢發生命案的房子，我從未忘記過那房子。你知道，這種事是忘不了的。死者是我的一個病人，我必須出庭作證，還有一大堆類似的繁瑣雜事。這讓我感覺很不舒服。對一個女孩來說，這是很不愉快的經驗。」

「一定是。我自己也……」

博伊．卡林頓繞過屋角朝我們大步走來，我隨即打住話頭。

和往常一樣，他高大的身軀和歡快活潑的個性，能讓那些陰影和難以捉摸的憂慮一掃而空。他頭腦清楚，見多識廣，熱愛戶外，那種可愛而強烈的性格常能散發出歡樂和正面的力量。

「早安，海斯汀；早安，護士小姐。富蘭克林太太人呢？」

「早安，威廉爵士。富蘭克林太太在花園盡頭那棵鄰近實驗室的櫸木樹下。」

「這麼說，我想富蘭克林應該在實驗室裡面囉？」

「是的，威廉爵士；他和海斯汀小姐在裡面。」

「可憐的女孩。想想看，如此美麗的早晨，她卻被關在那裡搞那些臭東西！你應該抗議才對，海斯汀。」

克雷文立刻就說：「噢，海斯汀小姐樂在其中。你知道，她喜歡做那種事，而且我相信，如果少了她，醫生也做不下去。」

「可憐的傢伙，」博伊．卡林頓說，「要是我有個像茱迪思那樣的漂亮小姐當祕書，我一定會看她，哪裡會看什麼天竺鼠。呃，你說什麼？」

這是茱迪思最討厭的那種玩笑話。但克雷文護士倒是很樂，她笑得前仰後合。

「噢，威廉爵士，」她笑叫道，「你怎麼可以這麼說。我相信，我們都知道你是什麼德性！不過，可憐的富蘭克林醫生可是一本正經，他全副精神都在他的工作上。」

博伊．卡林頓快活地說：「噢，看來他太太已經占了個好地點，好盯著自己的丈夫。我相信她在吃醋。」

「你知道的真不少，威廉爵士！」

克雷文護士似乎很喜歡這樣的揶揄打趣。她依依不捨地說：「噢，我得去看看富蘭克林太太的麥芽牛奶怎麼樣了。」

她慢慢轉身走開了。博伊．卡林頓站在那裡望著她的背影。

「很漂亮的小姐，」他說，「一頭秀髮，一口貝齒，是女性的優秀樣本。她總是在照料病人，生活一定很枯燥。這樣的女孩應該有更好的命才對。」

「噢，」我說，「我想，總有一天她會嫁人。」

「我也這麼想。」

他嘆了口氣，我因此想到他想起了自己死去的妻子。他接著又說：「你願意和我去奈頓宅看看嗎？」

「當然，樂意之至。不過我得先看白羅需不需要我。」

我發現白羅坐在陽台上，渾身上下裹得密密實實。他鼓勵我去。

「你當然要去，海斯汀，當然要去。我相信那地方一定很漂亮。你當然應該去看看。」

「我也想去，可我不願意丟下你。」

「我忠實的朋友！別這樣，跟威廉爵士去吧。他這男人很討人喜歡，對吧？」

「第一流的。」我熱情地說。

白羅露出微笑。

「啊，沒錯，我想他是你喜歡的那種人。」

§

我對這次旅行極為滿意。

不僅天公作美——好一個天清氣朗的夏日——而且我也樂於和這樣的人為伴。博伊．卡林頓深具個人魅力，他豐富的人生閱歷和旅遊經驗，讓他成為絕佳的旅伴。一路上他告訴我他在印度施政的故事，以及東非一些部落有趣的風土民情，樣樣聽得我興味盎然，我不禁忘卻了對茱迪思的憂心，就連因為白羅告訴我的祕密而引起的焦慮，也拋到了九霄雲外。

我也喜歡博伊・卡林頓談到我朋友時的態度。他對白羅甚是敬服……不僅對他的工作，也對他的為人。雖然白羅目前健康欠佳，可是博伊・卡林頓對這點連一句溫和的憐憫話也沒說。他似乎認為，像白羅那樣精采的人生，本身就是豐厚的報酬，我的朋友一定可以從他的回憶裡找到滿足和自尊。

「更何況，」他說，「我敢說他的腦袋依然像往常一樣敏銳。」

「沒錯，確實如此。」我趕忙表示贊同。

「以為一個人的腿不靈光會影響到他的大腦，那是大錯特錯。兩者其實毫無干係。衰老對腦力的影響遠比大家所想像的小。確實，要在白羅眼前犯下謀殺罪行，這我可不幹……即使是現在。」

「如果你真的犯下這樣的罪行，他一定會逮住你。」我笑著說道。

「我敢說這是一定的。不過，」他不無懊惱地加上一句：「這倒不是說我對謀殺這種事很擅長。你知道，我的計畫能力很差，太沒耐性。如果我殺人，一定是一時情急下所為。」

「這種犯罪可能是最難察覺的一種。」

「我倒不認為。我在事後很可能會處處留下線索，循線追蹤就行了。噢，幸好我沒有犯罪心理。我想，我唯一會下手殺害的對象，大概就是勒索的人了。敲詐勒索真是有夠下三濫的。我總認為勒索別人的人應該槍斃。你說呢？」

我承認我有些同情他的觀點。

這時一個年輕的建築師前來迎接，於是我們開始檢視這幢宅邸的修建工作。奈頓宅基本上是一座都鐸王朝時代的建築，房子的側翼是後來增建的。除了在一八四〇年代左右裝設過兩個原始的浴室外，一直沒再翻新或改動過。

博伊．卡林頓對我解釋，他的舅舅埃弗拉德爵士多少算是個隱士，他極不樂群，一直住在這棟巨大宅邸的一隅。不過他能夠忍受博伊．卡林頓和他弟弟，所以在他後來遁世隱居之前，這對兄弟得以在學生時期到這裡來消磨假日。

這位老人終生未婚，他的開支只用去他那鉅額收入的十分之一，因此即使在繳完遺產稅之後，這位現任的從男爵發覺自己依然非常有錢。

「不過，也非常孤獨。」他邊說邊嘆氣。

我默然無語。我對他的同情難以用言辭表達，因為我也是個孤獨的人。自從我的老伴灰姑娘去世後，我覺得自己只剩下半個人。

於是，我期期艾艾地道出一些自己的感受。

「啊，沒錯，海斯汀，可是你擁有過許多我不曾擁有的東西。」

他沉吟片刻，接著相當突兀地將他悲慘的遭遇對我敘述了一個梗概。

他有一位年輕美麗的妻子，可愛迷人，多才多藝，可惜染有遺傳的惡習。她的家人幾乎個個死於酗酒，而她自己也成了這種宿命的犧牲品。他們婚後不到一年，她就因狂飲無度而一命歸天。他沒怨她。他明白，她身上的遺傳因子太過頑劣，她抵擋不了。

自她辭世後，他就安於獨身，過著孤家寡人的日子。那段經歷令他傷痛極深，他因此下定決心不再續弦。

他說得輕描淡寫。

「一個人生活比較安全。」

「是，我可以體會你的心情。不管怎麼說，一開始你一定會這麼認為。」

「這件事實在太悲慘了。它讓我未老先衰，非常痛苦。」他頓了頓。「確實，我也曾深受誘惑。可是她太年輕了；把她和一個已經不存幻想的男人綁在一起，我認為很不公平。對她而言，我太老了，而她還是個孩子……如此美麗，如此的純潔無瑕。」

他不再說話，只是搖搖頭。

「這不是應該由她來決定嗎？」

「我不知道，海斯汀。我以前不這麼認為。她……她好像很喜歡我。可是一如我所說，那時候她太年輕了。我永遠也不會忘記，最後那一日我向她道別時她的模樣；她微側著臉，目光迷茫……她那隻小手……」

他沒再往下說。這些話勾勒出一幅我似曾相識的景象，雖然我並不知道為什麼會這樣。

博伊．卡林頓突然變得十分粗啞的聲音傳來，打斷了我的思緒。

「我是個傻瓜，」他說，「任由機會之船從身邊溜過的男人都是傻瓜。總而言之，看看我現在，擁有一棟對我來說大而無當的豪宅，卻沒有一個優雅的女主人和我共坐在餐桌上。」

在我聽來，他這種稍嫌傳統的表達方式十分具有魅力。它刻畫出一幅舊時代迷人而閒適的景象。

「那女孩現在在哪裡？」我問。

「噢，她已經嫁人了。」他隨即轉移了話題。「海斯汀，事實上，我現在很適合做個孤家寡人的單身漢。我已經有了一些小小的心得。來看看花園吧。這些花園乏人照顧已久，不過它們順性而為，倒也生氣蓬勃呢。」

我們在宅邸四周繞了一圈，我對目之所見在在留下深刻的印象。奈頓宅這塊產業無疑稱得上是山明水秀，難怪博伊．卡林頓以它為榮。他和附近鄰居以及當地人都很熟。當然，自從他定居此地到現在，周遭又添了不少新鄰居。

他早年就認識勒托爾上校，並且衷心希望上校在史岱爾莊的事業能有很好的回收。

「你知道，可憐的托比．勒托爾，他非常缺錢，」他說，「好人一個。他也是個好軍人，還是個神射手。在非洲的時候，我曾經和他一同出外遊獵過。啊，那段日子多麼美好！當然，他那時候已經結婚，還好，謝天謝地，他太太並沒有同行。她是個漂亮的女人，但個性慓悍。真奇怪，一個男人竟然受得了如此霸道的女人。老托比．勒托爾常讓部下嚇得兩腿發軟，他就是這麼一個嚴厲而講究軍紀的人！可是他就像大家說的那樣，怕老婆，受欺負，而且還逆來順受！毫無疑問，那女人那張嘴厲害得像把刀，話說回來，她挺有頭腦。要說有什麼人能把史岱爾莊經營得有利可圖，那人非她莫屬。勒托爾向來就沒什麼生意頭腦，而他太太可是連自己的祖母都要剝下一層皮！」

「她好像熱情過度了。」我抱怨道。

博伊．卡林頓似乎被我的話逗樂了。

「我知道。外表看來甜得很。你和他們一起打過橋牌嗎？」

我感慨良多，答說有。

「大體而言，我對女牌手會敬而遠之，」博伊．卡林頓說，「如果你肯聽我的勸，你也會這麼做。」

於是，我將我來到史岱爾莊第一天晚上，與諾頓一組和他們玩牌感到多麼坐立難安的經過說了一遍。

「確實，你簡直不知道眼睛該放哪裡才好！」他又說，「這個諾頓，好人一個。不過他還真是沉默寡言。他總愛去觀察鳥兒之類的。他跟我說，他不喜歡射殺牠們。真是異類！毫無運動細胞。我告訴他，這樣他會錯過很多樂趣。我真搞不懂，躡手躡腳地在冷颼颼的樹林裡摸索，用望遠鏡遠觀那些小鳥，到底有什麼刺激可言。」

而我們並不知道，在隨後發生的種種事件中，諾頓的業餘癖好扮演了舉足輕重的角色。

／08

日子就這樣度過。懷著忐忑不安的心情等待某件事發生，這樣的日子並不好受。

或許我可以這麼形容：事實上，這段日子什麼也沒發生。但還是有些不足掛齒的小事，一星半點的談話片斷，史岱爾莊各路房客的小道消息和種種的解釋說明。要是我能將這些點點滴滴放在一起抽絲剝繭，讓它們各就其位，我早該豁然開朗了。

還好有白羅，他說了幾句重話，讓我看見一些我笨得視而不見的事情。

我抱怨過無數回，說他不把胸中祕密對我吐露，分明是存心故意。我告訴他，這不公平。我和他得到的資訊總是一樣，可是他聰明靈光，可以從這些資訊當中歸納出正確的結論，而我卻愚魯不堪。

他不耐煩地揮揮手。

「我的朋友，事實就是如此。這本來就不公平！這不是運動消遣！不是玩遊戲！你要先承認這些，才能處之泰然。我再說一次，這不是遊戲，也不是消遣，而你卻只顧著胡猜，一心想找出X是誰。這不是我請你到這裡來的目的。你大可不必費心去猜測凶手何人，因為我已經知道這個問題的答案。可是，我不知道卻又非知道不可的，是下面這個問題：不久之後，什麼人會遭到殺害？老弟，這才是問題所在。你的工作不是玩猜謎遊戲，而是去阻止一條人命遭到殺害。」

我大吃一驚。

「當然，」我慢慢說道，「我……呃，我知道你確曾這麼說過，但我一直不很明白。」

「那你現在就要明白……馬上就要！」

「好，好，我會的……我是說，我已經明白了。」

「那好！現在，海斯汀，請你告訴我，被害人會是誰呢？」

我茫然地望著他。

「我真的一點頭緒也沒有！」

「你應該要有頭緒才對！除了這個，你到這裡來還有什麼目的？」

「顯然，」我一面說，思路不覺又回到原來的路徑上。「在被害人和X之間一定有某種關聯，所以只要你告訴我X是誰……」

白羅猛搖頭，他用力之猛，連我看了都覺得痛。

「難道我沒告訴過你，這正是X犯罪伎倆的精髓所在嗎？X和被害人之間不會有任何關聯，這一點我可以打包票。」

「你的意思是，這種關聯會被隱藏起來嗎？」

「這種關聯會被隱藏得滴水不漏，無論你或我都無法發現。」

「不過，只要仔細研究X的過去，一定會……」

「告訴你，我不會跟你說。至少現在絕對不會。隨時都可能發生命案，你明白嗎？」

「對住在這棟房子裡的某人下手？」

「就是對住在這棟房子裡的某人下手。」

「而你真的不知道什麼人會遭到毒手，也不知道做案的手法？」

「啊，我要是知道，就不會催你去替我打探了！」

「你光是根據X現身於此地的事實，就認定這裡一定會出事？」

我的語氣透著些許懷疑。而一如白羅的四肢不由自主地萎縮，他的自制力也大不如前。

他對我大肆咆哮。

「啊，我的朋友，我到底還得說多少遍呢？如果大批戰地記者突然湧到歐洲某地，這意味著什麼？這意味著戰爭！如果世界各地的醫生都群集於某個城市，這表示什麼？這表示這地方即將舉辦一場醫學會議。你看見某處有禿鷹盤旋，那裡就會有屍體。你看見打獵的人在荒野裡走動，那裡就會有槍聲。你看見一個人猛然停住腳步，脫掉身上的衣服，一躍跳進大海，那就表示這人打算搭救落水的人。

「如果你看到一位道貌岸然的中年婦女士隔著籬笆張望，你大概可以推斷，那裡頭一定有什麼不體面的事！最後，如果你突然聞到飯菜的香味，看到好幾個人都沿著走道往同一個方向走去，十之八九，你可以推斷進餐時間就要到了！」

我將這些類比思索了一兩分鐘，決定挑出第一個類比做出回應。我說：「話說回來，一個戰地記者並不代表一場戰爭！」

「當然不會。一隻燕子也成不了夏天。可是，海斯汀，一個殺人凶手卻能製造出一場謀殺。」

這一點當然無可辯駁。不過我想到（白羅似乎沒想到），就算是殺人凶手也有偃旗息鼓的時候。也許X來到史岱爾莊純粹是度假，並沒有致人於死的目的。但白羅火氣這麼大，我不敢說出這個想法。我只說，在我看來，我們對這件事似乎束手無策。我們必須等待……

「你看，」白羅下了結語。「你就像上回大戰中貴國的阿斯奎斯[3]一樣。親愛的朋友，我們絕不能像他那樣。提醒你，我並不是說我們一定會成功，因為一如我先前告訴你的，如果一個人下定決心要殺人，要他回心轉意並不容易。可是，我們至少應當一試。海斯汀，設想一下，你現在面臨的問題有如打橋牌。你可以看到所有的牌。可是我只要求你預測發牌的

3　阿斯奎斯（Herbert Henry Asquith, 1852-1928），英國政治家，一九〇八至一六年擔任英國首相。

結果。」

我搖搖頭。

「沒有用，白羅，我一點頭緒也沒有。如果我知道X是誰……」

白羅再度對我咆哮。他的嗓門如此之高，惹得柯蒂斯驚惶地從隔壁房間跑過來。白羅揮手把他打發走了，而等他踏出房門，我朋友的態度已經自制許多。

「別這樣，海斯汀，你沒有你假裝的那麼笨。你已經研究過我給你看的那些命案報導。也許你不知道X是什麼人，可是你知道X的犯罪手法。」

「噢，」我說，「我懂了。」

「你當然懂。你的問題就在於你懶得動腦。你喜歡玩遊戲，胡猜亂想。你不喜歡用腦。X犯案手法的基本要素是什麼？是在罪行完成之際，罪證一概俱全，不是嗎？換句話說，不但有犯罪的動機、犯罪的機會、犯罪的手段，最後也是最重要的一點是，連犯行的人都已做好上被告席的準備。」

我立刻就領會到這個關鍵，同時也明白自己好傻，竟然沒有早些體認到。

「我懂了，」我說，「我必須眼觀八方，找出一個符合這些必要條件的人，也就是潛在的受害者。」

白羅嘆口氣，靠回輪椅。

「好了！我好累。替我把柯蒂斯叫來吧。現在你已經知道自己的工作是什麼。你能活動，行走自如，你可以四處尾隨別人，和他們聊天，不動聲色地刺探他們……」（我差點要憤而抗議，不過還是忍住了。這種爭執已經老掉牙了。）「你可以仔細聽別人談話，你的膝蓋依然彎曲自如，所以你可以從鑰匙孔裡偷窺……」

「我才不要從鑰匙孔裡偷窺別人。」我火冒三丈，打斷了他。

白羅閉上眼睛。

「那也罷。你不會從鑰匙孔裡偷窺別人。你將保住你那英國紳士的風度，而某個人將會被害死。而這有什麼關係。英國人向來把名譽放在第一位，你的名譽比一條人命重要。好，我懂了。」

「不是這樣的。可是，真要命，白羅……」

白羅冷冷地說：「替我把柯蒂斯叫來吧。你太頑固而且極其愚蠢。我真希望身邊有另一個我能信賴的人，可是既然沒有，我想我只好容忍你和你那堅持遊戲規則一定要公平的荒謬想法。既然你不能善用你的聰明才智，那就當作你沒有這些聰明才智吧，不過無論如何，請在名譽容許的範圍內，善用你的眼睛、耳朵和鼻子。」

§

直到第二天，我才壯著膽子，把那個不止一次閃進心頭的想法說了出來。我說得支支吾吾，因為你永遠不知道白羅會有什麼反應！

我說：「白羅，我一直在想，我知道我很不爭氣。你說我愚蠢，呃，從某方面而言，這是實話。我早就只剩半個人了。自從灰姑娘死後……」

我頓了頓。白羅發出咕嚕一聲，表示同情。

於是我又說：「可是這裡有個人可以幫助我們。他正是我們需要的那種人。他有頭腦、有想像力，善於決策，又見多識廣。我是指博伊．卡林頓。他就是我們需要的人，白羅。你不妨把他當成心腹，把事情一五一十告訴他。」

白羅睜開眼，以異常的堅決說道：「絕對不行。」

「為什麼不行？你不能否認，他這人很聰明……比我聰明得多。」

「要比你聰明，」白羅的嘲諷真夠傷人。「很容易。不過，請你打消這個念頭吧，海斯汀。誰也不能參與我們的機密。你懂了嗎？你要知道，我不准你再提起這檔事。」

「好吧，既然你這麼說。不過，博伊．卡林頓真的……」

「啊，得了，得了！博伊．卡林頓。你怎麼這麼迷博伊．卡林頓？說來說去，他是什麼樣的人呢？一個只因為別人稱呼他為『閣下』而裝腔作勢、沾沾自喜的大人物。他是個……沒錯，他這人是具備一些手腕、魅力和風度。然而你那位博伊．卡林頓並不如你所想的那麼好。他說話翻來覆去，同一個故事總要說上兩回，更有甚者，他的記性糟透了。所以明明是你告訴他的故事，他會反過來說給你聽！這樣的人算是能力出眾嗎？連邊都摸不上。他是個可厭的老傢伙，只會說大話。最後一點，還很愛擺架子！」

「噢。」我若有所悟地說。

博伊．卡林頓記性不好，這是實話。事實上，他曾經因此出醜，而我現在才明白，原來白羅對那件事還積怒在心。白羅曾經對卡林頓說過一件他在比利時當警察時的軼事。事隔沒幾天，我們幾個人正聚在花園裡，已經忘得一乾二淨的博伊．卡林頓反過來把這件事向白羅說了一遍，還來了這麼一個開場白：「我記得，當時巴黎的祕密警察頭子告訴我……」

現在我總算明白，這件事令白羅大為不快！

我知趣地閉上嘴巴，悄悄走開。

§

我信步走到樓下，又步出室外，來到花園。花園裡空無一人。我漫步穿過樹叢，登上一座綠意盎然的小丘，丘頂是一座居高臨下年久失修的避暑小屋。我就在這兒坐了下來，點上菸斗，準備好好把事情想清楚。

在史岱爾莊，什麼人有相當明確的動機，要去謀害另一個人呢？或者說，什麼人會被視為具備這樣的動機呢？

撇開勒托爾上校這種再明顯不過的情況不談，我一時想不出還會有什麼人有殺人的動機。不過，我想他這種人不可能在牌局中途對他老婆動手，雖然就情理而言，他大有理由這麼做。

問題是，我對這些人其實都不夠了解。例如諾頓，還有寇爾小姐。謀殺最常見的動機是什麼呢？金錢？我想，博伊．卡林頓應該是這群人當中唯一的有錢人。如果他死了，誰會繼承他的財產？會是這棟房子中的某個人嗎？我不以為然，不過，這點或許值得探究。

譬如，他也許會將遺產捐贈出來供科學研究之用，並且指定富蘭克林醫生為受益人。有了這層關係，再加上醫生那番偏激、認為百分之八十的人類都該消滅的言論，對這位紅髮醫生可是大大不利。也或許，諾頓或寇爾小姐是卡林頓的遠親，在他死後可以順理成章繼承財產。這很牽強，但不無可能。而勒托爾上校既是博伊．卡林頓的老朋友，是否可能從卡林頓的遺囑中分得一杯羹呢？就金錢動機而言，可能性就只有這麼幾種。

我的思路轉到情殺。富蘭克林夫婦。富蘭克林太太體弱多病，她可不可能被慢慢毒死呢？而如果她死了，她丈夫是不是無可卸責？他是個醫生，不但有機會，而且深諳各種手法，這點無庸置疑。而毒死她的動機是什麼？一想到茱迪思有可能牽扯在內，我心頭立刻掠過一陣不安。我固然有理由相信他們之間純粹是從屬的工作關係，可是一般大眾會相信嗎？一個憤世嫉俗的警官會相信嗎？茱迪思是個非常漂亮的女孩。為了一個迷人的祕書或助手，出於這種動機的罪行不知凡幾。想到這種可能性，我就喪氣不已。

接著，我想到亞勒敦。有什麼人有任何理由想要除去亞勒敦呢？如果謀殺命案勢不可免，我寧願亞勒敦是被害人！要找出除去亞勒敦的動機，簡直輕而易舉。寇爾小姐雖然已非青春年少，依然是個標緻的女人。她可能和亞勒敦親密交往過，如今在嫉妒心的驅使下痛下毒手……這純粹是想像，我毫無理由相信真的有這麼一回事。再說，如果亞勒敦就是X……

我不耐地搖搖頭。想了老半天，我還是一籌莫展。石子路上的腳步聲吸引了我的注意。是富蘭克林醫生，他兩手插在口袋裡，埋首快步朝房子走去，一副垂頭喪氣的模樣。看到他這副不設防時露出的真面目，我不禁想到，他似乎是個非常不快樂的人。

我只顧著看他，連近在身邊的腳步聲都沒聽見，直到寇爾小姐開口說話，我才驚愕地轉過身去。

「我沒聽到你走過來。」我一面驚跳起來，一面帶著歉意解釋。

她仔細看著那幢避暑小屋。

「好一座維多利亞時代的遺跡！」

「是嗎？恐怕到處都是蜘蛛網。請坐，我替你撢撢灰塵。」

我想到，這是進一步了解這位房客的機會。我一邊掃去蜘蛛網，一邊暗地打量她。

寇爾小姐的年齡坐三望四，容顏略顯憔悴，五官分明，那對眼睛非常漂亮。她身上有種保守內斂的氣質，但更多的是疑心。我突然發現，她是個飽經滄桑的人，因此對生活抱持著強烈的不信任。我突然很想進一步了解這位伊麗莎白．寇爾小姐。

「好了，」我拿手帕做了最後一撢，說道，「我盡力而為了。」

「謝謝。」她露出微笑，坐了下來。我在她身旁坐下。那張椅子吱嘎吱嘎，狀甚危險，但幸好沒垮。

寇爾小姐說：「請告訴我，我走過來的時候你在想什麼？你好像想得入了神。」

我緩緩說道：「我在看富蘭克林醫生。」

「所以呢？」

我看不出有什麼理由不把我剛才的念頭說一遍。

「我在想，他似乎是個很不快樂的人。」

我身旁的女人幽幽說道：「他確實很不快樂。你一定早就知道了。」

我想我是忍不住流露出驚訝之色。我結結巴巴地說：「不，不……我不知道。我一直以為他這個人滿腦子只有工作。」

「他是這樣。」

「而你把這個稱為不快樂？要我說，這可是一件最快樂的事。」

「噢，沒錯，對於這點我並無異議，但如果你有所牽絆，以至於無法去做你想做的事，換句話說，無法充分發揮所長，那就不叫快樂了。」

我望著她，感到一頭霧水。於是她接著解釋道：「去年秋天，富蘭克林醫生曾經得到一個機會，到非洲去繼續他在那邊的研究。你知道，他是個十分聰慧的人，在熱帶藥劑的領域中成就可說是數一數二。」

「而他沒去？」

「沒去。他太太反對。她受不了那裡的氣候，又不願被獨自留在國內，尤其如果他接下那份工作，就表示她必須縮衣節食過日子。那份工作的報酬不高。」

「噢，」我說，接著又緩緩說道：「我想他是覺得以她的健康狀況，他不能離開她。」

「海斯汀上尉，你對她的健康狀況很了解嗎？」

「呃，我……不了解。不過她非常體弱多病，不是嗎？」

「她身體不好，可是她確實是樂在其中。」寇爾小姐的口氣帶著挖苦。我疑惑地望著她。顯而易見，她對那女人的丈夫是百分之百同情。

「我想，」我遲疑地說，「嬌弱的女人，是不是比較容易自私？」

「沒錯，我認為病人——尤其是慢性病患——通常都很自私。或許這不該怪他們，因為要自私太容易了。」

「你該不會以為富蘭克林太太其實沒什麼病吧？」

「噢，我不願意這麼說，只是疑心罷了。她好像總是能夠予取予求，為所欲為。」

我默默思索了一兩分鐘，突然想到寇爾小姐對富蘭克林家的家務事似乎知之甚詳。我帶著幾分好奇問道：「我想，你和富蘭克林醫生很熟吧？」

她搖搖頭。

「噢，不熟。在這裡遇到他們之前，我只見過他們一兩次。」

「可是我想，他對你談過他自己吧？」

她還是搖頭。

「沒有。我剛才告訴你的事，都是從你女兒茱迪思那裡聽來的。」

我感到一陣痛心。茱迪思和任何人都談得來，只除了我。

寇爾小姐繼續說道：「茱迪思對她的老闆忠心耿耿，而且非常支持。她譴責富蘭克林太太的自私自利，可說是毫不留情。」

「而你，也認為她自私嗎？」

「是的，不過我能體會她的心情。我……懂得病人心理，也能夠理解富蘭克林醫生為什麼處處讓她。茱迪思當然認為他應該把他太太隨便往什麼地方一放，接著就繼續埋首研究。你那位千金對於科學研究真是非常熱中。」

「我知道，」我悶悶不樂地說，「所以有時候我為她擔心。這似乎並不自然，如果你明白我的意思。我認為她應該……更有人味，對於消遣娛樂更有興趣些。她應該讓自己快樂，和幾個不錯的年輕人談談戀愛。畢竟，青春年少就應該及時行樂，不該總是坐在那裡盯著試管。這違反自然。想當年我們年輕的時候，總是玩得盡興；和別人打情罵俏，自得其樂之類的……這你也知道。」

沉默半晌後，寇爾小姐以一種古怪而蒼老的聲音說道：「我不知道。」

我立刻感到驚惶。不知不覺之中，我的語氣就像在對同輩之人說話，而現在我突然意識到，她比我要年輕十幾歲，而我竟然呆笨若此，說話如此缺乏技巧。

我極力向她道歉。她打斷我結結巴巴的言詞。

「不，不，我不是那個意思。請別再道歉了。我的意思純粹是我不知道那種滋味而已。我從來不曾如你所說的『青春年少過』，也從來沒有所謂的『快樂時光』。」

她的聲音帶有一絲苦澀，一股深重的怨恨，令我茫然不解。我笨拙但誠懇地說：「對不起。」

她露出微笑。

「啊，沒關係，不要一副苦瓜臉。我們談點別的吧。」

我欣然從命。

「那就談談這裡的其他人吧，」我說，「除非你對他們一點認識也沒有。」

「從我一出生，我就認識勒托爾夫婦。如今他倆不得已開旅社謀生，其實是很悲哀的，尤其對他來說。他是個大好人，而她的為人也比你想像的要好。她一輩子過著捉襟見肘的日子，不得不錙銖必較，這就造成了她……呃，處處為營的個性。如果你一天到晚總想著賺錢，日久自然會顯現在臉上。我唯一討厭她的一點，是她總顯得過於熱情。」

「談談諾頓吧。」

「他其實沒什麼好談的。他人很好，很害羞，只是好像有點遲鈍。他總是顯得弱不禁風。過去他和母親同住，一個脾氣很壞的蠢女人。我想，她一定老是把他呼來喝去。幾年前她過世了。他對鳥兒、花卉這類東西很熱中，非常仁慈，而且看到很多事情。」

「你是說，就靠他那副望遠鏡？」

寇爾小姐微笑。

「噢，對我的話可別這麼望文生義。我的意思毋寧是說，他會注意很多事情。沉默的人往往如此。他不自私，並且就男人而言，算是個很體貼的人。但他好像……沒什麼本事，如果你明白我的意思的話。」

我點點頭。

「噢，是的，我明白。」

伊麗莎白．寇爾突然又開口，聲音裡再度出現濃重的苦澀。

「這種地方就是因為這樣才令人望而生悲。上等人家因為家道中落跑來經營旅社。住在這裡的淨是一些失意的人。他們過去一事無成，未來也不可能有所成就；他們……他們被生活擊倒，變得支離破碎；他們又老又累，人生畫上了句點。」

她的聲音慢慢消逝，一股又深又重的憂傷瀰漫在我心間。這些話說得多好！我們就是這樣，一群日薄西山的人。頭髮飛白，心灰意冷，連夢想也變得灰黯！不但我自己孤獨而長懷憂慮，我身旁的女人也是個悲苦、沒有希望的人。富蘭克林醫生有熱情有雄心，可是處處受限難以施展，而他太太則是病弱軀體的階下囚。安靜、瘦小的諾頓，拖著跛足到處觀察鳥類。即使是白羅，那個曾經聰明絕頂的白羅，如今也成了身軀敗壞、不良於行的老人。

想當年……就是我初次來到史岱爾莊的時候，一切是多麼不同！回憶幾乎令我承受不住，我嘴邊不禁放出一聲痛苦而遺憾的悶喊。

我的女伴急忙問道：「你怎麼了？」

「沒什麼。我只是因為今非昔比而受到震撼。你知道，多年前我曾經來過這裡，那時我還年輕。我剛才在想，今昔之間的差異好大。」

「原來如此。那時候這是一棟充滿歡樂的宅院吧？這裡每個人都很快樂？」

很奇怪，有時候人的思緒就像個不斷轉動的萬花筒。現在的我就是這樣。種種記憶和往事，翻來覆去攪成一團，令人目眩。接著那幅混亂的畫面終於安定下來，顯現出它真實的圖案。

我對往昔抱憾，純粹是抱憾往昔已逝，並不是對那段現實抱憾。因為即使是當年，在那遙遠的過去，史岱爾莊也沒有快樂可言。我不帶感情地回想起那段往事。我的朋友約翰和他的妻子都很不快樂，對兩人不得不屈就的生活充滿怨恨。勞倫斯．凱文帝斯兀自沉浸在憂鬱中。正值青春年少、活潑開朗的的辛西亞因為寄人籬下也覺得綁手綁腳。英格沙普為了錢，和一個有錢女人結婚。沒有，他們沒有一個人是快樂的。而今亦然，這裡沒有一個人覺得快樂。史岱爾莊這房子並不吉祥。

我對寇爾小姐說：「我一直沉溺在虛幻的濫情之中。這棟房子其實從來不曾有過快樂，即使是現在。這裡的每個人都不快樂。」

「噢，不對。你女兒……」

「茱迪思不快樂。」

我帶著一種突然的了悟脫口而出。沒錯，茱迪思並不快樂。

「博伊・卡林頓，」我說，語氣很猶豫。「有一天對我說他很寂寞，儘管如此，我認為他其實頗為自得其樂……陶醉於他的豪宅和產業等等。」

寇爾小姐立刻接口。

「噢，沒錯，但威廉爵士不同。他和我們不一樣，他不屬於這裡。他來自另一個世界，一個成功富裕、獨立自主的世界。他其實功成名就，而他對這點心知肚明。他不是……不是一個受過創傷的人。」

她選用的形容詞頗為怪異，我不由得轉過身，凝視著她。

「請告訴我，」我問，「你為什麼要用這個詞彙來形容他？」

「因為，」她突然一陣激動。「那是事實。總而言之，是個和我有關的事實。我受過創傷。」

「我看得出來，」我柔聲說道，「你曾經很不快樂。」

她幽幽說道：「你不知道我是誰，對吧？」

「呃……我知道你的名字……」

「寇爾並不是我真正的姓氏，換句話說，它是我媽家的姓。我是……是事後才改用這個姓氏的。」

「事後？」

「我原來的姓氏是利奇菲德。」

我竟未領會到它的意義，只覺得這個姓氏似曾相識。過了一兩分鐘，我才恍然大悟。

「馬修．利奇菲德。」

她點點頭。

「原來你知道這件事。我剛才說的就是這個意思。我的父親是個病人，也是個暴君。他不准我們過一般人的生活，我們不能請朋友到家裡來，他不給我們錢用。我們就像……關在牢籠裡一樣。」

她頓了頓。她那對眼睛，那對漂亮的眼睛，又黑又大。

「後來我姐姐……我姐姐……」

她的話停在那裡。

「請別……別再說了。這對你來說太痛苦了。我知道這件事，你不必再告訴我。」

「可是你不懂，你不會懂。瑪格麗特……這不但不可思議，而且令人難以置信。我知道她去了警局，她去投案，坦承了一切。可是，有時候我依然無法相信！不知為什麼，我覺得這不是真的……事情不可能像她所說的那樣。」

「你的意思是，」我躊躇著。「事情其實有所出入……」

她打斷了我。

「不，不。不是的。我是指瑪格麗特自己。這不像是她會做的事。不是；凶手不是瑪格麗特！」

話已到我嘴邊，可是我終究沒說出來。時機未到，我還不能對她說：「你說得對。凶手不是瑪格麗特……」

09

勒托爾上校沿著小路走過來的時候，一定已是六點左右了。他身上背著一根獵白嘴鴉的小口徑步槍和兩隻死斑鳩。

我向他打招呼，他嚇了一跳。他看到我們似乎很驚訝。

「嗨，你們兩個在這裡做什麼？你知道，這棟破舊的房子很不安全，隨時都會崩垮。搞不好會把你們埋個滅頂呢。伊麗莎白，你坐在那裡恐怕會把衣服弄髒。」

「噢，沒關係。海斯汀上尉為了不讓我弄髒衣服，還犧牲了一塊手帕呢。」

上校低聲嘟囔著。

「噢，真的嗎？噢，那好，那就好。」

他抿著嘴站在那裡。我們站起身，走到他身邊。

他似乎有些心不在焉，卻強打起精神說道：「我一直就想射牠幾隻可惡的斑鳩。你知道，這東西為害甚大。」

「聽說你是個神槍手。」我對他說。

「是嗎？誰告訴你的？啊，是博伊．卡林頓。以前還不錯……以前不錯。現在有些荒疏了。年紀大了，什麼都藏不住。」

「是視力不濟吧。」我提出意見。

他立刻否認。

「胡說。我的視力還是和以前一樣好。當然，看書時得戴眼鏡，但遠視視力沒問題。」

一兩分鐘後，他又說了一遍。

「沒錯，沒問題。這倒不是說視力好壞很重要……」他的聲音愈來愈弱，最後只剩下一串心不在焉的喃喃低語。

寇爾小姐四下張望，說道：「好美的黃昏。」

她說得真對。落日西沉，彩霞萬道，為墨綠的樹影鍍上一層金亮的餘暉。好一個安寧靜謐的傍晚，深具英國風味，是那種當你身處於遙遠的熱帶國度時，會常在心頭縈繞的暮色。我把這些感想照實說了。

勒托爾上校熱烈附和。

「沒錯，沒錯。你知道，當年我在異鄉……遠在印度的時候，就常回憶起這樣的夜晚。它會讓你渴望退休，安定下來，對吧？」

我點頭表示同意。接著他又說，只是聲調變了。

「沒錯，安定下來，回歸故里……可是現實永遠和你想像的不一樣。不一樣，真的不一樣。」

我想，這句話用在他身上尤其真確。他並沒有想到自己會跑來經營出租客舍，天天為了不賠老本絞盡腦汁，而且身旁有個喋喋不休、頤指氣使、抱怨個沒完的老婆。

我們慢慢踱回屋子。諾頓和博伊・卡林頓閒坐在露台上，上校和我加入了他們，寇爾小姐則回到屋內。我們聊了一陣。勒托爾上校似乎興致頗高，還開了幾個玩笑，看起來比往常開心而清醒許多。

「今天真熱，」諾頓說，「我覺得口渴。」

「各位，喝點東西吧。我請客，怎麼樣？」勒托爾上校的口氣又熱切又快活。

我們謝謝他，接受了他的提議。他站起身，走進屋內。

餐廳的窗外正好就是我們坐的露台。那扇窗沒關上。

我們聽見屋內的上校打開食品櫃，接著又聽見開瓶器套在瓶口的旋轉聲、瓶塞打開後的砰然一聲。

就在這時候，勒托爾太太尖銳高亢、毫不遮掩的大嗓門傳進大家耳膜！

「你在做什麼，喬治？」

上校的聲音突然一低，只剩下一陣囁囁嚅嚅，我們只能聽見含糊不清的片斷……「外頭那些朋友」……「喝點東西」……

那刺耳的聲音爆出這麼一段話，口氣甚是憤慨。

「你不可以這樣，喬治。這主意夠荒唐。要是你到處請這裡的人喝酒，這地方怎麼可能賺錢？在這裡喝飲料得用買的。要是你沒有生意頭腦，我可有的。天曉得，如果沒有我，你明天就會破產！我管你就像管個小孩一樣。沒錯，你就像個小孩，一點頭腦也沒有。把瓶子給我。」

上校再度喃喃抗議，聲音充滿痛苦。

勒托爾太太厲聲回答：「我才不管他們會怎麼想。這瓶酒得放回食品櫃，而且我要把它鎖上。」

接著是鑰匙在鎖孔裡轉動的聲音。

「好了。就這樣。」

這回上校的聲音清楚了些。

「你太過分了，黛西。我不能忍受。」

「你不能忍受？我倒想問問，你算老幾？是誰在當這個家？是我。你可別忘了。」

接著是窗簾的飄動聲，顯然勒托爾太太拂袖而去，走出了餐廳。

過了好一陣子勒托爾上校才走出來。只不過短短幾分鐘，他似乎變得蒼老而疲弱許多。

我們每個人都對他深表同情，也都恨不得殺了勒托爾太太。

「各位，非常對不起，」他說，聲音僵硬而不自然。「威士忌好像喝完了。」

他一定知道，我們不可能沒聽到剛才那一幕談話。而即使他沒察覺，也立刻可以從我們的神態看出來。我們個個如坐針氈。諾頓似乎昏了頭，他頭一個開了口，說他其實並不想喝酒，因為馬上就要開飯了，不是嗎？接著就刻意轉移話題，斷斷續續說了一大堆風馬牛不相及的話。那情景可真尷尬。我自覺無力已極，而我們當中唯一可能轉圜氣氛的博伊．卡林頓，也因為諾頓的絮絮叨叨而插不了口。

我從眼角餘光看到勒托爾太太戴著園藝手套，拿著一瓶蒲公英除草劑，高視闊步地沿著小路走遠了。她無疑是個能幹的女人，但一時間，我對她十分反感。沒人有權去羞辱別人。

諾頓還是滔滔不絕。他曾經撿到一隻斑鳩。他從他在預校上學的時候說起，當時他看到一隻兔子被打死而難過，結果被同學大肆嘲笑；他接著說到打松雞的獵場，講了一個沒頭沒腦的冗長故事，說是一個獵人在蘇格蘭的一次意外事故中被槍殺，我們因此談起了各人所知的槍擊事故。這時候博伊．卡林頓清清嗓子說道：「我的勤務兵曾經發生過一樁趣事。那小子是個愛爾蘭人。有一回他到愛爾蘭去度假，回來後我問他假期是否愉快。

「『啊！當然，長官，我一輩子從未有過這麼愉快的假期！』

「『很高興聽你這麼說。』我說，對他的興高采烈感到很驚訝。

「『啊，真的，這個假期過得好極了！我拿槍殺了我哥哥。』

「『你拿槍殺了你哥哥！』我喊了起來。

「『啊，是的，一點都沒錯。多少年了，我老想拿槍殺了他。當時我在都柏林一間房頂上，看見一個人沿街走來，那不正是我老哥嗎？湊巧我手邊就有一把來福槍。那一槍射得真準，這可不是我自誇。一槍中的，他馬上倒下，就像打鳥一樣。啊！那一刻可真美妙，我永遠也忘不了！』」

博伊・卡林頓很會說故事，又誇張又強調的，戲劇性十足，惹得我們哄堂大笑，氣氛頓時輕鬆許多。這時他站起身，一邊漫步走開，一邊說他在飯前必須洗個澡。諾頓熱情地道出了我們共同的心聲。

「這傢伙是個大好人！」

我表示同意，勒托爾也說：「沒錯，好人一個。」

「據我所知，他無論到哪裡都很成功，」諾頓說，「不管什麼事，他反掌之間就能成功。他頭腦清楚，意志堅決，完全是個行動家，是個真正有成就的人。」

勒托爾緩緩說道：「有些人就是這樣。不論什麼事，他們輕而易舉就能成功。他們不可能出錯。有些人……就是運氣好。」

諾頓立刻搖頭。

「不，先生，這不是運氣。」他刻意引經據典，套用莎士比亞劇本《凱撒大帝》裡的台詞：「親愛的布魯特斯[4]，命運並非天定，而是在於我們自己。」

「也許你說得對。」勒托爾說。

我立刻接口。

「不管怎麼說，他還是有繼承奈頓宅的好運氣。那地方可真漂亮！不過他應該結婚才是。孤家寡人守在那裡一定很寂寞。」

諾頓笑了。

「結婚然後安定下來？如果他太太欺負他……」

真是倒楣之至。這種話誰都會說，但在此時此地極為不宜，等到諾頓會過意來，話已出口。他期期艾艾、結結巴巴地極力挽救，終究尷尬地住了口。那句話把事情弄得更糟了。

我和他立即又說起話來。我笨嘴拙舌地評論著暮色，而諾頓則說到晚餐後玩橋牌之類的事。

勒托爾上校似乎完全沒注意到我們。他用一種怪異、不帶感情的聲音說道：「不，博伊．卡林頓不會被他老婆欺負。他不是那種會讓別人欺負的人。他沒問題，他是個男子漢大丈夫！」

真是尷尬極了。諾頓又開始絮絮叨叨說起橋牌的事。話正說到一半，一隻大斑鳩拍著翅

4　布魯特斯（Marcus Junius Brutus, 85BC-42BC），羅馬政治和軍事領袖，領導一批元老刺殺了獨裁者凱撒大帝（Gaius Iulius Caesar）。

膀從我們頭頂飛過，棲息在不遠的一棵樹上。

勒托爾上校拿起他的槍。

「來了一隻討厭鬼。」他說。

可是他還沒來得及瞄準，那隻斑鳩就又撲翅而起，穿過樹叢飛到遠處，棲息在一個他不可能射到的地方。

而就在同時，上校的注意力被遠處山坡上一個移動的影子吸引過去。

「可惡，有隻兔子在啃水果樹苗的皮。我以為我已經把這個地方用鐵絲網圈牢了。」

他舉起步槍，立即發射。這時我看見……

一聲女人的尖叫傳來，緊接著有人喉嚨發出一陣恐怖的咯咯聲。

步槍從上校手中掉落，他的身子也癱軟下來，他咬緊嘴唇。

「我的老天，是黛西。」

而我已經奔過草坪，諾頓跟在我身後。我跑到出事地點，屈膝跪下。是勒托爾太太沒錯。她先前是跪坐在一棵小樹苗旁，想為它綁上支撐桿。野草深長，我因此明白為什麼上校沒看清是她，只看到草叢中有東西移動。而且，光線也造成他視線不明。那一槍射穿了她的肩膀，血正汩汩流出。

我彎下腰去檢查傷口，抬頭望望諾頓。他正靠在一棵樹上，臉色發青，好像隨時就要吐出來。他帶著歉意說道：「我見不得血。」

「立刻去把富蘭克林醫生找來！護士小姐也可以。」我高聲說。

他點點頭，跑走了。

克雷文護士頭一個趕到現場。她趕來的時間短得驚人，而且立即動手，以熟練專業的手法止住了血。富蘭克林不久也趕到了。他們倆一左一右，攙扶著勒托爾太太回到屋裡，安置在床上。富蘭克林以繃帶裹住傷口，接著派人去找她自己的醫生。克雷文護士留下來陪她。

富蘭克林才離開電話，我便碰到了他。

「她怎麼樣了？」

「啊！她會撐過去的。幸好沒射中任何致命的地方。怎麼會發生這種事？」

我把經過告訴他。他說：「原來如此。上校人呢？我敢說他一定嚇昏了，他可能比她更需要照顧。我不敢說他心臟的情況很好。」

我們在吸菸室裡找到了勒托爾上校。他把嘴唇四周咬得青紫，一副六神無主的模樣。他語不成句地說：「黛西呢？她有沒有……她還好嗎？」

富蘭克林醫生立刻回答他：「她很好，先生。你不用擔心。」

「我……以為……兔子……在啃樹皮……真不知道怎麼會犯下這種大錯。光線照到我的眼睛。」

「這種事常有，」富蘭克林話中帶刺。「我這輩子已經見過一兩回了。聽著，勒托爾先生，你最好讓我為你打一點興奮劑。你的情緒很低落。」

「我沒事。我……我能不能去看她？」

「現在不行。克雷文護士在照顧她。不過你別擔心，她沒事。奧利佛醫生馬上就到，他也會這樣告訴你。」

我讓他們倆留在屋內，自己走到屋外的暮色之中。茱迪思和亞勒敦沿著小路走過來。他的腦袋湊近她說了什麼，兩個人都笑了。

才發生這樣的悲劇，接著就看到此情此景，我不禁怒火中燒，便厲聲叫住茱迪思，她抬起頭來，狀甚驚訝。我三言兩語把剛剛發生的事說了一遍。

「這種事情真不尋常。」我的女兒說。

我想，她似乎並未表現出她應有的驚愕。

亞勒敦的態度更令人火冒三丈。他好像把這件事當成笑話看待。

「那個老母夜叉活該倒楣，」他說，「我想老傢伙是故意的吧。」

「當然不是，」我立刻回敬。「那是意外。」

「對，不過我了解意外是什麼。有時候，意外發生得正是時候，巧得很。我說，如果老傢伙是故意開槍射她，我要向他脫帽致敬。」

「才不是這麼回事！」我氣憤填膺。

「別說得這麼肯定。我就認識兩個開槍射中老婆的男人。一個是在擦拭左輪槍的時候，另一個說他是開玩笑，隨便指著她就開了槍，並不知道槍裡裝著子彈。兩個人都無罪釋放。

我得說，多麼好的解脫。」

我冷冷說道：「勒托爾上校不是那種人。」

「噢，你難道不認為這是值得慶幸的解脫？」亞勒敦的問題一語中的。「他們是不是剛有過爭執或是不愉快？」

我憤然轉身走開，但一方面也是在掩飾不安。亞勒敦的話太接近事實了。我心底頭一次掠過一絲疑竇。

接下來我遇到博伊．卡林頓，心情卻沒有因此好轉。他說他剛才一直在湖邊散步，而當我把這消息告訴他時，他劈頭就說：「你不認為他是故意朝她開槍的，對吧，海斯汀？」

「老天。」

「對不起，對不起。我不該那麼說。只是，一時之間，你忍不住會想……她……她總是刺激他，你知道。」

想起我們無意間聽到的那一幕，我倆不禁沉默半晌。

我快快不樂、心事重重，走上樓去敲白羅的房門。

他已經從柯蒂斯那裡知道出了事，不過他急於了解整件事的詳情。自從來到史岱爾莊後，將每天接觸的人、事、談話都巨細靡遺地向他報告，已經成為我的習慣。我覺得我這麼做，可以為我親愛的老友稍解消息不靈通之苦，而且這麼一來，他有如事事參與，可以有一種親歷其境的假象。我的記性向來很好，記事甚為精準，所以逐字逐句重複那些對話是易如反掌。

白羅專心聽著。我原本希望他會對目前已輕易攻占我心思的可怕聯想嗤之以鼻，可是他還沒來得及告訴我他的想法，門口就傳來了一陣輕叩聲。

是克雷文護士。她一進門就道歉，為打擾我們表示歉意。

「對不起，我以為醫生在這裡。老太太已經恢復神智，她很擔心丈夫。她想見他。海斯汀上尉，你知道他在哪裡嗎？我不想離開我的病人。」

我自告奮勇去找他。白羅點頭表示同意，克雷文護士熱情地向我道了謝。

我在一間平時甚為少用的小起居室裡找到勒托爾上校。他佇立窗邊，望著屋外。

我才進門，他就霍然轉過身來，眼睛射出問號。我想，他好像很害怕。

「勒托爾上校，你太太醒過來了，她要找你。」

「噢。」他的臉頰立刻有了血色，而我這時才察覺到，先前他的臉有多麼蒼白。他慢慢地說，笨嘴拙舌的，像個龍鍾老人。「她……她要找我？我……我……馬上來。」

他拖著腳步走向門口，步履蹣跚得彷彿搖搖欲墜，我不由得趨前扶住他。上樓的時候，他幾乎整個人倚在我的身上，呼吸愈來愈困難。一如富蘭克林醫生的預期，這是個深重的打擊。

我們來到病房門口。我敲敲門，聽見克雷文護士活潑而明快的聲音喊道：「請進。」

我繼續扶著老上校，雙雙走進房間。床的四周圍著簾帳，我們走到圍簾的一角。

勒托爾太太氣色極差，整張臉慘白而虛弱，雙目緊閉。我們才進入圍簾，她便睜開眼睛，氣若遊絲地說道：「喬治……喬治……」

「黛西，親愛的……」

她一隻臂膀纏著繃帶，還被夾板固定住，另一隻還能活動的手顫巍巍地向他伸去。他趨前一步，緊握住她軟弱無力的小手。他又喊了一聲「黛西……」接著啞著喉嚨說道：「謝天謝地，你沒事了。」

我抬眼看他，只見他眼眶溼潤，雙眼淨是深情和心焦。我為我們適才種種殘忍的想像深深感到慚愧。

我悄悄溜出房間。我們居然會認為這是一樁暗藏殺機的意外事故！上校那種由衷的感激絕非偽飾。我感到無比的寬慰。

我走過通道，一聲鑼響嚇了我一跳。我完全忘了時間。這場意外攪亂了一切，只有廚師一如往常，準時開出飯來。

我們多半沒換衣服，勒托爾上校沒有露面。不過，穿著粉紅色禮服、看來非常迷人的富蘭克林太太卻難得下樓來，她似乎很健康，而且精神煥發。反而是富蘭克林，顯得憂心忡忡，若有所思。

而今我氣惱的是，亞勒敦和茱迪思用完晚餐後隨即雙雙溜進了花園。我閒坐了一陣，一邊側耳傾聽富蘭克林和諾頓關於熱帶疾病的討論。諾頓雖然對這個話題只有一知半解，卻是個津津有味的好聽眾，深富同情心。

富蘭克林太太和博伊．卡林頓在大廳另一端談話。他正把一些簾幕或印花布之類的圖案拿給她看。

伊麗莎白．寇爾手上捧著一本書，似乎看得全神貫注。我想，她跟我在一起可能會感到有點尷尬而不自在。在今天下午對我訴說心事之後，她這種態度也算合乎常理。儘管如此，我還是覺得遺憾，希望她不要因為對我說了那些話而懊悔。我想告訴她，我會尊重她的隱私，不會把她的祕密說出去。可是她不給我機會。

片刻後，我上樓去找白羅。

我發現，勒托爾上校正坐在那盞小燈泡下。燈泡開著，他人正好坐在那圈光亮裡。他正說著什麼，白羅則洗耳恭聽。我想，與其說上校是在對白羅說話，不如說他在自言自語。

「我記得清清楚楚，沒錯，那是一次狩獵舞會，她穿著一身白衣，我想是薄紗做的，在她身上飄呀飄的。好漂亮的女孩，我當下就被她迷倒了。我對自己說：『這就是我要娶的女孩。』啊，上帝保佑，我如願把她娶進了門。她渾身上下迷人極了……你知道，她很活潑，說起話來處處機鋒。她總是顯得那麼美好，鋒芒畢露。」

他咯咯咯笑起來。

我的腦海中浮現出那幅情景。我想像得到，年輕的黛西．勒托爾活潑可愛、伶牙俐齒，當年的她何等迷人，如今隨著歲月流逝，她已成了個潑婦。

而勒托爾上校今晚憶起的，是他真正的初戀情人，是年輕的黛西。

我想到我們幾個小時前所說的話，再次感到羞愧難當。

當然，在勒托爾上校終於起身就寢之後，我把整件事一五一十地告訴了白羅。

他默默聽著，一語不發。從他臉上我看不出任何表情。

「這麼說，海斯汀，你也曾這麼想……那一槍是故意的？」

「是的。不過我現在覺得很慚愧……」

白羅根本就沒理睬我的心境。

「這個念頭是你自己想到的，還是因為有人暗示？」

「亞勒敦說過類似的話，」我忿忿說道，「他那種人當然會說這種話。」

「還有別人嗎？」

「博伊・卡林頓也說過。」

「啊！博伊・卡林頓。」

「他終究是個見過世面的人，對這種事有經驗。」

「噢，當然，當然。不過，他沒有親眼看到事情經過吧？」

「沒有，他散步去了。在更衣進餐前做做運動。」

「原來如此。」

我擔心地說：「我想我並不是真的相信那個推論。那只是……」

白羅打斷我。

「海斯汀，你無須因為心生疑竇而懊悔莫名。在那種情境下，任何人都可能有那樣的念頭。噢，沒錯，這非常自然。」

白羅的神態中有種我捉摸不透的東西。他有所保留，還以一種怪異的眼神望著我。

我緩緩說道：「或許吧。不過，現在看到他對她其實是如此的情深意重……」

白羅點點頭。

「一點也沒錯。請記住，事情常是如此。在日常生活的爭吵、誤會、明顯的衝突背後，很可能存在著一種真真實實的深情。」

我同意他的看法。我想起勒托爾太太仰起頭望著俯身在床頭的丈夫，迷濛的眼眸中閃動的溫柔光芒。那目光中沒有尖酸刻薄，沒有不耐，沒有暴戾。

我一面準備就寢，一面思索。婚姻生活真是件奇怪的事。

可是，白羅異樣的神態依然令我不安。他那帶著警覺的怪異目光，彷彿在等著我恍然大悟……他想要我領悟什麼呢？

我剛鑽進被窩，就想到了答案。它有如當頭一棒。

如果勒托爾太太被殺，這樁命案就和其他那些命案一模一樣。顯而易見，勒托爾上校殺了他太太。這或許可以用意外事故來解釋，但話說回來，沒有人可以斷言這到底是意外還是蓄意殺人。如果說它是謀殺罪證不足，然而當前的證據又足以令人起疑，認為它是謀殺。

可是，這就表示……表示……

這表示什麼呢？

這表示——這是最合理的說法——射死勒托爾太太的不是勒托爾上校，而是X。

這顯然不可能。我從頭到尾目睹了事情經過，開槍的是勒托爾上校，絕無其他槍響。

除非……但這顯然也不可能。不，或許並非不可能，只是可能性微乎其微，而這畢竟還是有可能。沒錯。假設有個人一直伺機而動，在勒托爾上校開槍射兔子的那一剎那，也開槍射向勒托爾太太，那麼大家只會聽到一聲槍響。即使兩聲槍響間稍有間隔，也會被認為是回聲所致（現在我才想起來，當時我確實聽到回聲）。

可是，不對，太荒謬了。有多種方法可以精確判定，子彈是從哪個武器中射出來的。子彈上的痕跡必須和槍管上的膛線一致才行。

然而，我想到，警察只有在急於證實由何種武器射擊時才會這麼做。就這起事件而言，他們絕對不會進行任何調查，因為勒托爾上校一定也和其他人一樣，確信那致命的一槍是自己射出的。既然有人承認了這個事實，大家自然會毫無疑義地接受，如此一來，也就沒有驗不驗槍的問題。唯一的疑點是：這一槍的發射是出於偶然，還是心懷不軌所致，而這是個永遠沒有解答的問題。

由此看來，這案子和其他那幾樁命案如出一轍……在工人李格一案中，他不記得自己曾經犯案，但認定自己就是凶手；在瑪格麗特．利奇菲德一案中，她在神智不清下前去投案，承認了一樁並不是她犯下的罪行。

是的，這案子和其他那幾樁命案不謀而合。我終於知道白羅那種神態的含義了。他在等我去領悟這個事實。

／10

隔天早上，我對白羅說了我的想法。他的臉一亮，不斷頷首表示讚賞。

「好極了，海斯汀。我原先有點懷疑，不知你能否看出其中的相似之處。你知道，我不想提醒你。」

「這麼說，我的想法是對的。這又是一樁X案件？」

「如假包換。」

「可是為什麼呢，白羅？這人的動機是什麼？」

白羅搖搖頭。

「難道你不明白？完全想不通嗎？」

白羅緩緩說道：「是的，我想通了。」

「你已經想通這些不同案件之間的關聯了？」

「我認為如此。」

「噢，那就說吧。」

我幾乎克制不了自己的不耐了。

「不行，海斯汀。」

「可是，我非知道不可。」

「你不知道反而好得多。」

「為什麼？」

「你一定要相信我，還是不知道的好。」

「你真是固執到家了，」我說，「你飽受關節炎折磨，只能無助地枯坐終日，還想一人唱獨腳戲。」

「你可別自己亂想，以為我想一人唱獨腳戲。根本不是這樣。恰恰相反，海斯汀，你在這整件事情當中角色非常吃重。你是我的耳目。我只是不願告訴你可能會招致危險的情報。」

「對我而言嗎？」

「對凶手而言。」

「你是不願意讓他知道，」我遲疑地說，「你已經盯上他了？我想是這樣。除非你認為我保護不了自己。」

「海斯汀，至少有件事你該明白。一個人殺人後，一定還會再度殺人，並且會一而再、再而三地殺下去。」

「不管怎麼說，」我冷冷地說，「這次並沒有發生命案。至少那顆子彈打偏了。」

「是的，太幸運了，確實非常幸運。一如我告訴你的，這種事很難預料。」

他嘆息一聲，臉上流露出憂心。

我悄悄離開他，心底感到悲哀。我意識到，現在的白羅已經力不從心，無法做出任何持久的事情。他的頭腦依舊敏銳，但他畢竟是個病弱而疲倦的老人。

白羅警告過我不要鑽牛角尖，老想知道X是什麼人。不過我心裡仍然相信，我已經知道X是誰了。在我的印象中，史岱爾莊只有一個人是不折不扣的惡棍。無論如何，只要一個簡單的問題，就可以確知我的想法是否真確。測試他人固然不足取，不過或多或少有點用處。

用過早餐後，我留住了茱迪思。

「昨天晚上我遇到你們之前，你們去哪了？你和亞勒敦少校。」

問題是，當你全神貫注於事情的某一層面時，很容易就忽略了其他層面。所以茱迪思對我驟然發起火來，而我卻大吃一驚。

「真是的，爸爸，我不懂這干你什麼事。」

我目瞪口呆地望著她，詫異之至。

「我……我只是問問。」

「沒錯，可是為什麼呢？你為什麼老是問個沒完？我在做什麼？我去了哪裡？我跟誰在一起？真是受不了！」

好笑的是，這回我並不是真要問茱迪思去了哪裡。我感興趣的是亞勒敦。

我試圖安撫她。

「真是的，茱迪思，我不懂為什麼我連個簡單的問題都不能問。」

「我不懂你為什麼要問來問去。」

「我又不是故意要問。我的意思是，我只是覺得奇怪，為什麼你們倆……呃……對發生的事情好像一無所知。」

「你是指那樁意外嗎？如果你一定要知道，告訴你，我到鎮上買郵票去了。」

我死抓著那個單數人稱代名詞不放。

「這麼說，亞勒敦沒和你在一起？」

茱迪思喘了口大氣，狀甚氣惱。

「沒有，他沒和我在一起，」她冷冷說道，聽得出她正怒火中燒。「事實上，我們是在屋子附近才遇上的，兩分鐘後就遇到了你。我想，現在你該滿意了吧。不過我還是要說，就算我和亞勒敦少校散了一整天的步，也不干你任何事。我二十一歲了，而且有能力自力更生，我愛怎麼消磨時間，完全是我自己的事。」

「一點也沒錯。」我立刻接口，極力滅火。

「我很高興你同意我的話，」茱迪思似乎緩和了些。她帶著懊惱勉強擠出笑容。「噢，我最親愛的爸爸，請你以後千萬別再那麼老古板。你不知道，這有多令人抓狂。真希望你不要那麼小題大做。」

「我不會；以後我絕不會這樣。」我向她保證。

這時候，富蘭克林邁著大步走了過來。

「嗨，茱迪思。快點來，我們比平時晚了。」

他態度粗率，談不上一點禮貌，我不由得生起氣來。我知道富蘭克林是茱迪思的老闆，他有權利支配她的時間，既然她拿他薪水，他當然可以對她發號施令。儘管如此，我不懂為什麼他不能表現出一點日常的禮貌。他的態度雖然稱不上彬彬有禮，但至少對大部分的人也算中規中矩，可是他對茱迪思，尤其是最近，總是粗魯而專橫。他說話的時候幾乎從不正眼看茱迪思，只顧著下令。茱迪思對此從未表現出不滿，可是我替她抱不平。我不禁想到：多麼不幸啊，這種態度和亞勒敦那種過度的殷勤比起來，有如鮮明的對比。約翰・富蘭克林的為人無疑比亞勒敦要好上十倍，但就吸引力而言，他實在相形見絀許多。

富蘭克林跨出大步沿著小路朝實驗室走去，我仔細觀察他。笨重的步履，瘦弱的身材，頭臉瘦骨嶙峋，滿頭紅髮，還有雀斑。這是一個無足可觀的醜男人，毫無特出之處。沒錯，他有一副好頭腦，可是很少女人會僅僅因為男人有副好頭腦就喜歡上他。我喪氣地想，茱迪思由於工作環境使然，從未和其他男人有過接觸。她沒有機會去品評各種有吸引力的男人。比起粗魯而毫無魅力的富蘭克林來，亞勒敦那種俗不可耐的魅力自然顯得特別突出。我可憐的女兒，根本沒有機會去認識他的真面目。

要是她認起真來，真的傾心於他呢？剛才她表現出來的煩躁，堪稱是一種跡象，令我甚為不安。我知道亞勒敦是個不折不扣的壞胚子，搞不好更糟……如果亞勒敦就是X呢？有這個可能。在上校開槍的那一瞬間，他並沒有和茱迪思在一起。

可是，所有這些看似毫無目的的犯罪，到底是出於什麼動機呢？亞勒敦絕對不是瘋子，這點我很肯定。他心智健全，非常健全……只是無恥之至。

而茱迪思，我的茱迪思，把他想得太好了。

§

到目前為止，雖然我有點為女兒擔心，但在滿腦子懸念著X以及隨時可能發生的不測之下，那些私人問題已被我置諸腦後。

既然棒已落下，有人試圖犯行而歸於失敗（上帝保佑），我可以大膽思索這些事情的來龍去脈了。可是我愈想就愈焦急。有一天，我偶然聽到一句話，這才知道亞勒敦是個已婚男人。

博伊．卡林頓深知每個人的底細，他更進一步向我透露，亞勒敦的太太是個虔誠的天主教徒，和他結婚未久就離開了他。由於她的信仰，他們根本沒考慮離婚的問題。

「如果你問我，」博伊．卡林頓毫不諱言。「這正中了這個下流胚子的下懷。他總是心懷不軌，而有妻室的身分正好充當煙幕。」

想想看，身為人父的我，聽到這樣的話是什麼滋味！

槍擊事故發生後的那幾天，表面上平靜無波，但我心中那股不安的暗流卻日漸洶湧。勒托爾上校經常待在他太太的臥室裡。勒托爾太太已由一位新來的護士接手，克雷文又回去侍候富蘭克林太太。

我說這話不懷任何惡意，但我必須承認，我觀察到富蘭克林太太因為自己不是「主要」病人而顯得憤懣難安。所有的注意力現在都集中在勒托爾太太身上，令這個小女人心生不快，因為她早已習慣別人將她的健康狀況當作一天的主要話題。

她躺在吊床上，一手扶著腰，不斷抱怨自己心悸，而端上的菜飯沒有一樣合她的胃口。她所有那些苛刻的要求，都是在有病不能忍耐的藉口下提出來的。

「我真不喜歡大驚小怪，」她哀怨地向白羅低聲訴苦。「我這糟糕的身子真叫我慚愧。總要勞駕別人替我做事，真是……丟人。有時候我會想，身體不好真是一種罪過。如果一個人身體不好、感覺遲鈍，就不該活在世界上，不如安安靜靜走了好。」

「啊，不，夫人，」白羅帶著一如往常的殷勤語氣說道，「嬌嫩的奇花異草應當有溫室的護蔭，因為它經不起淒風苦雨。一般野草固然能在風雨中欣欣向榮，但是野草沒有因此而得到更高的評價。舉我為例，被綁在輪椅上，身軀變形，無法行動，但我並沒想到要放棄生命。我依然盡我所能去享受……享受食物、飲料和動腦的快樂。」

富蘭克林太太嘆口氣，喃喃說道：「啊，可是你不一樣。你除了自己之外毫無牽掛。可是我，我還有我那可憐的約翰。我真的感覺自己是他的一個包袱，一個多病而無用的妻子，一塊掛在他脖子上的重石。」

「我敢保證，他從未這麼說過。」

「噢，他沒說過，他當然不會說。可是，男人的心思一眼就能看透，親愛的白羅先生。而且，約翰很不善於隱藏自己的情緒。當然，他不會故意不溫柔體貼，可是他……噢，幸好他是那種非常不敏感的人。他沒有感情，所以他以為別人也沒有感情。天生感情遲鈍真是天大的福氣。」

「我不認為富蘭克林醫生是個感情遲鈍的人。」

「你不認為嗎？噢，可是你不如我了解他。我當然知道，如果沒有我，他會自由許多。你知道，有時候我簡直心灰意冷，心想如果一了百了，那該是多好的解脫。」

「噢，別這樣，夫人。」

「畢竟，我對任何人都毫無用處。離開這一切，回到那茫茫的混沌之中……」她搖搖頭。「這樣一來，約翰就自由了。」

「真是無聊透頂，」我把這段話轉述給克雷文護士聽，結果她這麼說，「她絕對不會這麼做。你別擔心，海斯汀上尉。那種整天以要死不活的口氣說要『一了百了』的人，心頭根本沒有半點這麼做的打算。」

我得說，自從勒托爾太太受傷而引起的騷動逐漸平息、克雷文護士回來照顧富蘭克林太太之後，富蘭克林太太的精神立刻好了許多。

一個異常晴朗的早晨，柯蒂斯將白羅推到實驗室附近的那棵櫸木樹下。白羅最喜歡這個角落，任何東風都吹不進來，事實上，這裡連微風也感覺不到，對於討厭風也不信任新鮮空氣的白羅而言，這兒頗能贏得他的歡心。其實我認為他寧可待在屋裡，不過只要渾身上下以毛毯裹得密密實實，他也愈來愈能容忍室外的空氣。

我朝他走去，才剛走到他身旁，富蘭克林太太正好從實驗室裡出來。

她的穿著打扮十分漂亮，顯得興高采烈。她對我們解釋，她要和博伊・卡林頓駕車去看奈頓宅，在選擇印花窗簾方面給予一些專家的建議。

「昨天我和約翰說話的時候，把手提包留在實驗室裡了，」她解釋道，「可憐的約翰，他和茱迪思開車到塔德卡斯特去了……他們有種化學藥劑用完了。」

她在白羅身邊坐下，帶著好笑的神情搖搖頭。

「可憐的人，我真慶幸我沒有科學頭腦。這樣的好天氣……他們可真傻。」

「夫人，你這些話可別讓那些科學家聽見。」

「我當然不會讓他們聽見，」她的臉色變得嚴肅起來，幽幽地說，「白羅先生，你可不要以為我不敬愛我丈夫。我很敬愛他，覺得他為工作而活的精神實在……太偉大了。」

她的聲音帶著輕顫。

我心頭閃過一絲懷疑。我認為富蘭克林太太很喜歡扮演各種角色，此時此刻，她演的是忠誠有加、崇拜丈夫如英雄的賢妻。

她身子往前一傾，一隻手放在白羅膝頭，一臉的誠摯。

「約翰……」她說，「真是個……聖人。有時候他令我害怕。」

我想，把富蘭克林稱為聖人未免太誇張了，可是芭芭拉．富蘭克林眼眸閃著光芒，繼續說下去。

「他什麼事都願意做，不顧任何危險……只要能將人類的知識向前推進一步。這是非常高貴的情操，你不認為嗎？」

「當然，當然。」白羅連忙說道。

「可是，你知道，」富蘭克林太太又說，「有時候我真為他提心吊膽。我指的是他那種不顧一切的衝勁。他目前正在實驗那些可怕的毒豆，我真怕哪一天他會拿自己來做實驗。」

「他一定會非常謹慎。」我說。

她帶著一絲苦笑搖搖頭。

「你不了解約翰。你沒聽過他實驗那種新氣體的事嗎？」

我搖搖頭。

「是一種他們正在探究的新氣體。約翰自告奮勇，拿自己做實驗。他在一個大容器裡關了將近三十六個小時，不斷測量自己的脈搏、體溫和呼吸，想知道那種氣體對人體和動物的效果是否相同。一位教授事後告訴我，那樣做非常危險。他可能一下子就不省人事。可是約翰就是那種人，完全不顧自己的安危。我想他那樣的人十分了不起，你說是嗎？我永遠也不可能那麼勇敢。」

「以冷靜的心情去做這些實驗，」白羅說，「確實需要高度的勇氣。」

芭芭拉．富蘭克林說：「是的，的確如此。你知道，我非常以他為榮，不過也為他膽戰心驚。因為，實驗到了某個階段後，天竺鼠和青蛙就沒什麼用了。你會想知道人體有何反應。我就是擔心這個，總有一天約翰會拿自己去實驗那可怕的神判豆，結果發生不測。」她又是嘆氣又是搖頭。「可是他對我的恐懼總是一笑置之。你知道，他真的是有如聖人。」

這時博伊．卡林頓向我們走來。

「嗨，芭芭拉，準備好了嗎？」

「好了，博伊。我正在等你呢。」

「我由衷希望這一趟不會讓你太過勞累。」

「當然不會。我覺得有好久精神沒有這麼好了。」

她站起身，對我倆甜甜一笑，便隨著她那位高大的護花使者走向草坪。

「富蘭克林醫生，今之聖人？嗯。」白羅說。

「態度迥然不同，」我說，「不過，我想這位女士就是這樣。」

「就是怎樣？」

「熱中於扮演各種角色。一會兒是個備受誤解和冷落的妻子，一會兒是自我犧牲、受苦受難、不願成為愛人包袱的女人，而今天，她又成了一個崇拜英雄的賢內助。問題是，所有這些角色都演得過火了些。」

白羅若有所思地說道：「你認為富蘭克林太太是個笨女人，對吧？」

「噢，我不敢這麼說……沒錯，至少不是非常聰明。」

「啊，她不是你喜歡的那種類型。」

「那我喜歡哪種類型的人？」我立刻回敬。

白羅的回答大大出乎我的意料。

「張開嘴巴，閉上眼睛，看看仙女為你送來了什麼……」

我正待答話，他作勢止住了我，因為克雷文護士正穿過草地，急步走來。她衝我們一笑，露出一排晶亮的貝齒。她打開實驗室的鎖，推門進去，出來時手上多了一副手套。

「剛才是手絹，現在是手套，總是丟三落四。」她拿著手套一面匆匆走向正在等候的芭芭拉．富蘭克林和博伊．卡林頓，口中一面說道。

我這才想起，富蘭克林太太是那種粗心大意的女人，總是丟三落四，東西到處亂放，還理所當然地指望大家送回來。我想，她甚至還以此為榮呢。我不止一次聽到她帶著得意輕聲細語道：「我這個腦子真像個篩子。」

我坐在那裡，望著克雷文護士跑過草地，消失在視線外。她奔跑的姿勢很好看，顯得生氣勃勃，平衡感甚佳。我脫口說道：「我想，一個女孩對這種生活一定會覺得厭煩。我的意思是，沒有太多護理工作可做，光是到處去撿東西回來。我想富蘭克林太太這人實在不體貼，也不厚道。」

白羅的回應則令我生氣。他毫無來由地閉上雙眼，嘴裡唸唸有詞。

「金棕色頭髮。」

無可懷疑，克雷文護士的頭髮是金棕色的，但我不懂白羅為什麼挑這時候來評論頭髮。

我沒有搭腔。

11

我想，應該是次日午餐之前的那段談話，讓我心頭隱隱感到不安。

在場的有四個人：茱迪思、我、博伊・卡林頓和諾頓。

為什麼會談起那個話題我已經記不得了，只知道我們談的是安樂死……反對和贊成它的理由。

像往常一樣，大部分的時間都是博伊・卡林頓在那裡侃侃而談，諾頓間或插上一兩句，茱迪思則靜靜坐著，全神貫注地聆聽。

我首先承認，表面上看，我們大有理由支持這種做法，但實際上我會因為於心不忍而裹足不前。更何況，我又說，我認為這會讓病人的親屬擁有過多的權力。

諾頓贊同我的看法。他補充道，他認為這種手術唯有在患者纏綿病榻已久，而死亡已成定局的情況下才能施行，同時本人必須有意願而且同意。

博伊．卡林頓說：「啊，可是這很弔詭。難道當事人會一如我們所說，願意『讓自己脫離苦海』嗎？」

他隨即說了一個故事（他強調是真人真事），說有個人患了癌症，連手術都罔然無效，因此飽受劇痛的煎熬。這人求醫生「給他一點東西，讓他一了百了」，醫生的回答是：「老兄，我不能這麼做。」可是在離去之際，醫生在病人床邊留下幾顆嗎啡，還詳細告訴他，吃多少是安全劑量，多少會有危險。雖然醫生將選擇權交由病人決定，而且病人輕易就能服下致命的劑量，但他並未這麼做。

「這就證明，」博伊．卡林頓說，「儘管那人口頭這麼說，他還是寧可慢慢受苦，也不願採取快速而慈悲的解脫。」

這時茱迪思說話了，這是她頭一回開口，語氣激烈而突兀。

「他當然會願意解脫，」她說，「這根本不該交由他自己決定。」

博伊．卡林頓問她，這話是什麼意思？

「我的意思是說，任何一個病弱的人……一個飽受病痛折磨的人，根本就沒有力氣去做決定。他們決定不了，一定要別人替他們做決定。而做出這樣的決定，是那些愛他們的人的責任。」

「責任？」我愕然問道。

茱迪思轉向我。

「是的，責任。那些頭腦清楚的人必須負起這個責任。」

博伊．卡林頓搖搖頭。

「然後以謀殺罪名在被告席受審以終？」

「未必會如此。不管怎麼說，如果你愛這個人，你會冒這個險。」

「不過，聽著，茱迪思，」諾頓說，「你所說的責任實在駭人聽聞。」

「我不認為。人太怯於負責任了。如果這件事關係到一條狗，他們會負起責任……為什麼對人就不能？」

「呃，人和狗差很多，不是嗎？」

茱迪思說：「沒錯，所以對人而言更為重要。」

諾頓囁嚅說道：「你把我嚇得喘不過氣來。」

博伊．卡林頓好奇地問：「這麼說，你願意冒這個險，是嗎？」

「我想是的，」茱迪思說，「我不怕冒險。」

博伊．卡林頓搖搖頭。

「你知道，這樣是不行的。你不能隨意讓各地的人擅自執法，決定孰生孰死。」

諾頓說：「博伊．卡林頓，你知道，其實大部分的人都沒膽子負起這種責任。」他帶著若有似無的笑容望著茱迪思。「一旦事到臨頭，我不相信你會這麼做。」

茱迪思從容說道：「當然，誰也不敢保證。不過我想我會的。」

諾頓眼睛一亮，口中說道：「除非你正磨刀霍霍，打算找個人試試。」

茱迪思的臉頓時變得通紅。她立刻回答：「這表示你一點也不懂。如果我有……有私人動機，就什麼事也做不出來。你們難道不懂嗎？」她轉向我們大家。「個人因素必須絕對排除在外。除非你對自己的動機十分了然，你才能負起……負起結束一個人生命的責任。這個決定必須絕對無私。」

「說來說去，」諾頓說，「你是不會那麼做的。」

茱迪思依然堅持己見。

「我會。第一，我不像你們各位把生命看得如此神聖。不健全的生命、無用的生命，都應該被剷除。世界上亂七八糟的東西太多了。有能力對社會做出相當貢獻的人才能活下去，其他人都應該以沒有痛苦的方式除去。」

她突然轉向博伊．卡林頓。

「你同意我的看法，對吧？」

他的回答頗為遲疑。

「原則上我同意。只有有價值的人才應該活著。」

「如果必要，你會擅自執法嗎？」

卡林頓緩緩地說：「或許吧。我不知道……」

諾頓一派冷靜地說道：「理論上，很多人會贊成你的看法，不過說到實踐，那又是另一回事。」

「這話不合邏輯。」

諾頓不耐地說：「這話當然不合邏輯。這其實是勇氣的問題。人就是沒膽……套句俗話說，是沒種。」茱迪思沉默下來。諾頓繼續說下去。「坦白說，茱迪思，你自己也是一樣。事到臨頭的時候，你不會有這種勇氣。」

「你認為我沒有勇氣？」

「我很確定你沒有。」

「我想你錯了，諾頓，」博伊．卡林頓說，「我認為茱迪思有十足的勇氣。幸好需要這種勇氣的情況並未出現。」

屋內傳來一聲鑼響。

茱迪思站起身。

她對諾頓說道，字字清晰。

「你知道，你錯了。我的勇氣比你想像的多。」

她快步向屋子走去。博伊．卡林頓邊跟在她身後邊喊：「嘿，等等我，茱迪思。」

我也尾隨在後，不知何故，我感到沮喪之至。一向敏於察覺他人心情的諾頓極力地安慰我。

「你知道，她不是那個意思，」他說，「這只是年輕人常有的一種膚淺想法，幸好他們不會付諸實行，只是說說罷了。」

我想茱迪思是聽到了，因為她回過頭來看了我們一眼，目光滿是怒火。

諾頓壓低了嗓門。

「任何人都不必為理論擔心，」他說，「不過，聽著，海斯汀……」

「怎樣？」

諾頓似乎侷促不安。他說：「我不想挑撥是非，可是你了解亞勒敦嗎？」

「亞勒敦？」

「對。很抱歉我多管閒事，不過，我老實對你說，如果我是你，我不會讓你女兒和他多來往。他……呃，他的名聲不大好。」

「我也看得出來，那傢伙是個下三濫，」我忿忿地說道，「可是這年頭，女兒不容易管得住。」

「噢，我懂。就像俗話所說，女孩子會照顧自己。大部分女孩確實會，不過，呃，亞勒敦在這方面的手腕可是很高明的。」他猶豫片刻，接著又說：「聽著，我覺得我應該告訴你。當然，你不能再讓她愈陷愈深。我正好知道他一些醜事。」

他當場就告訴了我，而且所有的細節日後都被我……證實了。那是一個令人大倒胃口的故事。事關一個充滿自信、獨立自主、很現代化的女孩。亞勒敦使出渾身解數，釣上了她。後來，他慢慢露出了他的另一面……這個故事的結局是：這個走投無路的女孩服用了過量的佛羅拿[5]，結束了自己的生命。

這個故事最可怕的地方是：那女孩在許多方面和茱迪思頗相類似，都是那種獨立自主、心高氣傲的人。這種女孩一旦愛上別人，會不顧一切地去愛，那種恣意和狂熱絕非那種傻乎乎的少女所能理解。

我懷著沉重的不祥預感，享用了我的午餐。

5　佛羅拿（Veronal），即巴比妥，具有安眠、鎮定作用。

12

「我的朋友，有事讓你煩心嗎？」那天下午白羅問我。

我沒回答他，只是搖搖頭。我覺得我沒有權利拿這些事情去加重白羅的負擔，這純粹是我個人的問題。再說，他反正也幫不上忙。

茱迪思對他的規勸會一笑置之，就像年輕人對老年人那些令人生厭的老生常談一樣。

茱迪思，我的茱迪思。

很難形容我那天是怎麼熬過來的。事後我反覆思索，慢慢相信這和史岱爾莊本身的氛圍有關。在這裡，你很容易產生罪惡的想像。那股邪氣不僅過去有，而且迄今猶存。謀殺和凶手的陰影在這所宅子裡縈繞，揮之不去。

而我深自相信，那個凶手就是亞勒敦，而茱迪思竟然傾心於他！多麼難以置信而醜惡的事實，我不知如何是好。

吃過午餐，博伊・卡林頓將我拉到一旁。他在談到正題前支吾了半天，終於脫口而出。

「你可別認為我多管閒事，不過我想你應該和你女兒談談，警告她一聲。呃，你知道亞勒敦這傢伙聲名狼藉，而她，呃，很像那麼回事。」

這些沒兒沒女的男人說得倒是輕鬆容易！警告她一聲？

這會有用嗎？會不會反而弄巧成拙？

如果我的老伴灰姑娘在這裡，那該多好。她會知道怎麼做、怎麼說。

我承認，我本想明哲保身，對此事不置一辭。但思考片刻後，我認為這麼做未免太怯懦了。我是在逃避，避免和茱迪思攤牌的不愉快。你知道，我很怕我那個又高又漂亮的女兒。

我在花園裡走來走去，心神卻愈來愈不安寧。最後，我的腳步把我帶進了玫瑰園，這似乎是老天在冥冥之中替我做的決定，因為茱迪思就在那裡，獨自坐在一張椅子上。我這輩子從未見過任何女人臉上有著如此淒苦的表情。

她的面具已卸，徬徨和愁苦一覽無遺。

我鼓足勇氣，向她走去。直到我走近她身邊，她才聽見我的動靜。

「茱迪思，」我說，「看在老天的份上，不要這麼折磨自己。」

她帶著驚嚇的表情轉過身來。

「爸爸？我沒聽到你走過來。」

我繼續往下說，深知如果一旦她將話題轉為日常聊天，那就完了。

「噢，我最親愛的女兒，別以為我不知道，也看不出來。他不值得你……噢，相信我，他不值得你這樣。」

她轉向我，一臉困惑而警覺，幽幽地說道：「你認為你真的知道自己在說什麼嗎？」

「我很清楚。你在為那個人煩心。可是，親愛的，這不值得。」

她鬱鬱地笑了笑，那笑容令人心碎。

「我想，我和你一樣心知肚明。」

「你並不知道，你不會知道的。噢，茱迪思，這一切能有什麼結果呢？他是個有婦之夫，你不會有未來，只會有悲傷和羞辱……最後更會深自懊悔，自怨自嘆以終。」

她的笑意更濃……也更悲傷了。

「你說得多麼輕鬆，對吧？」

「拋開吧，茱迪思。把它全部拋開。」

「不！」

「他不值得你這樣，親愛的。」

她聲音緩慢低沉地說：「對我來說，他就是世上的一切。」

「不，不，茱迪思。我求你……」

笑容消失了。她轉向我，像個憤怒的復仇女神。

「你怎麼敢這樣？你怎麼敢來管我？我不能容忍。以後你絕對不准再跟我說這些。我恨你，我恨你。這不干你的事。這是我的人生；是我人生的祕密！」

她站起身，憤然將我推開，從我身旁走過。她就像個狂怒的復仇女神。我瞠目結舌地望著她的背影，心亂如麻。

§

過了將近一刻鐘，我依舊茫然無助地站在那裡，想不出下一步該怎麼走。

直到伊麗莎白．寇爾和諾頓發現了我。

我事後才意識到，他們對我非常體貼，一定看得出來，我正處於精神極度不安的狀態，但他們非常善解人意，非但完全不去觸動我的心緒，反而拉我一同去散步。他們兩人都熱愛大自然。伊麗莎白．寇爾指著一些野花給我看，諾頓則透過他的雙筒望遠鏡，向我介紹各種飛鳥。

他們的談話溫和又撫慰人心，談的淨是飛禽和樹林裡的花草。我慢慢恢復了正常，雖然內心深處依然紛擾不安。

除此之外，我也像一般人一樣，相信所有的事情都和我自己的煩惱有關。

所以當諾頓將望遠鏡架到眼前，他喊道：「咦，那是一隻斑紋啄木鳥？我從來沒……」

他的話戛然而止，我心中立刻泛起疑問。我伸手向他要望遠鏡。

「讓我看看。」我以不容違抗的聲音說道。

諾頓不知所措地摸弄著望遠鏡。他的口氣怪異而躊躇。

「我……我……我看錯了。那隻鳥已經飛走了；事實上，那只是一隻很普通的鳥。」

他臉色發白，狀甚煩惱，眼神躲躲閃閃，不肯正視我們。他看來既為難又苦惱。

即使是現在，我依然認為我當時的結論不無道理，那就是他從望遠鏡裡目睹了某些他決心不讓我看見的東西。

無論他看到的是什麼，都讓他大吃一驚，而且我們兩個都注意到了。

他的望遠鏡瞄準了遠處的一片樹林。他在那裡到底看到什麼？

我斷然地說：「讓我看。」

我一把將望遠鏡拿過來。我記得他試圖阻止我，可是他動作笨拙，我粗魯地把望遠鏡抓到手中。

諾頓無力地說：「其實不是……我的意思是鳥已經飛走了。真希望……」

我的雙手微顫，將眼前的望遠鏡調好焦距。這是一具高倍數望遠鏡，我盡量將它瞄準在諾頓剛才望去的地方。

可是我什麼也沒有看見，只除了閃沒在樹林中的一點白光（難道那是一個女孩的白色衣裳？）。

我拿下望遠鏡，一語不發地將它交還給諾頓。他沒有看我的眼睛，顯得憂心忡忡，心神不定。

我們一起走回屋內。我記得，諾頓一路上非常沉默。

§

我們回到屋內不久，富蘭克林太太和博伊・卡林頓就接著進了門。富蘭克林太太想買些東西，所以他開車帶她到塔德卡斯特走了一趟。

我想，她買得非常盡興。只見她從車裡拿出許多大包小包，整個人神采奕奕、又說又笑的，臉頰一片潤紅。

她叫博伊・卡林頓去拿一件非常易碎的物品，我也殷勤地接過一件她拿不了的東西。

她說話速度比平常快，更顯得神經質。

「天氣熱得嚇人，你說對吧？我想，馬上就會有一場暴風雨。這種天氣非快快改變不可。你知道，人人都說今年很缺水，是好些年沒見過的大旱。」

她轉向伊麗莎白・寇爾，繼續說道：「你們在這裡都做了些什麼？約翰哪裡去了？他說他頭痛，要去散散步。你知道，這不像他，他很少頭痛。我想，他是在為他的實驗傷腦筋，那些實驗大概不太順利。我真希望他能多說點心事給我聽。」

停頓片刻後，她又對諾頓說：「你一直沒說話，諾頓先生，出了什麼事嗎？你看起來好像……好像很害怕。你是不是見到那個老女主人的鬼魂了？」

諾頓嚇了一跳。

「沒有，沒有。我什麼鬼魂也沒見到。我，我只是在想事情。」

這時候，柯蒂斯推著輪椅上的白羅進門來。

他把輪椅停在大廳，準備將他的主人扶起，抱回樓上。

白羅的眼神突然警覺過來，逐一掃視著我們。

他厲聲問道：「怎麼了？出了什麼事？」

一時之間，誰也沒答腔，芭芭拉．富蘭克林隨即帶著點虛假的笑聲說道：「沒事，當然沒事。怎麼會有事呢？只是……大概是因為風雨就要來了吧，噢，老天，我累壞了。海斯汀上尉，麻煩你把這些東西拿上去好嗎？真是謝謝你。」

我跟著她上了樓，朝東翼走去。她的房間位於那一側的盡頭。

富蘭克林太太打開房門，我站在她背後，手上大包小包的。

她的腳步倏然停在門邊。只見克雷文護士正在窗邊細看著博伊．卡林頓的手掌。

他抬起頭，露出怯怯的笑容。

「嗨，我正在算命。護士小姐是個一流的手相大師呢。」

「是嗎？這我倒不知道。」芭芭拉．富蘭克林的語調頗為尖刻。我想，她是對克雷文護士生氣。「護士小姐，請你幫忙拿這些東西好嗎？再替我調一杯蛋酒。我好累，幫我準備熱水袋。我得盡快上床睡覺。」

「當然，富蘭克林太太。」

克雷文護士往前走來。除了職業上的專注外，別無任何表情。

富蘭克林太太說：「請你離開吧，博伊。我累壞了。」

博伊．卡林頓顯得十分關心。

「噢，芭芭拉，這一趟讓你累到了嗎？很抱歉。我真是個沒大腦的傻瓜。我不該讓你過度勞累。」

富蘭克林太太對他一笑，像個受難的天使。

「我一句話都不想說，不想『惹人厭煩』。」

我們兩個男人尷尷尬尬地退出房間，留下那兩個女人。

博伊．卡林頓懊惱地說：「我真是個該死的傻瓜。芭芭拉那時候看來快樂極了，所以我就忘了不能讓她受累，而且忘得一乾二淨。但願她別累垮了。」

我機械地說道：「噢，我想經過一夜好眠，她明天就會恢復了。」

他往樓下走去。我躊躇片刻，朝房宅另一側我和白羅的房間走去，說不定那小矮個正在等我。這是頭一回我懷著不甘不願的心情去找他。我的心神被太多東西占據，而且胸臆之間悶脹得難受。

我沿著走廊，慢慢走過去。

我聽見亞勒敦的房裡有聲音，雖然我想我並不是故意要偷聽，但還是本能地在他門前收住腳步，停了片刻。這時房門突然打開，我的女兒茱迪思從裡面走出來。

她一看到我，頓時停下腳步。我抓著她的臂膀，硬把她拉進我房間。我突然怒火中燒。

「你到那傢伙的房間去，這是什麼意思？」

她定定地望著我，眼神中沒有氣憤，只是極度的冰冷。過了好幾秒，她還是沒答腔。

我抓著她的臂膀猛搖。

「告訴你，我不能容忍。你不知道自己在做什麼。」

她這才開口說話，聲音低沉而字字割人。

「我認為你的心思極其齷齪。」

我說：「我敢說，確實如此。你們年輕人最喜歡用這種字眼來責難我們老一輩的人。但我們起碼還有標準。你聽清楚，茱迪思，我絕對禁止你和那男人再交往下去。」

她定定地看著我，隨後平靜地說：「我明白了。原來如此。」

「你否認你愛他嗎？」

「不否認。」

「可是你不了解他是個什麼樣的人，你不會知道的。」

我開門見山，把我聽到關於亞勒敦的事一五一十地對她說了一遍。

「你看，」我說完故事後，下了個結語：「他就是那種人面獸心的人。」

她狀甚惱怒，嘴唇帶著不屑，翹得老高。

「我可以向你保證，我從來就不認為他是聖人。」

「難道你就這麼不在乎嗎？茱迪思，你不能徹底墮落下去。」

「你愛怎麼形容就怎麼形容吧。」

「茱迪思，你沒有……你不……」

我已經語無倫次了。她手臂一揮，從我的手裡抽出。

「聽好了，爸爸。我做什麼事是我自己的選擇，你嚇不了我。大吼大叫沒有用，我高興怎樣過我的人生就怎樣過，你阻止不了我。」

才一轉瞬，她已經走出房門。

我的膝蓋猛打顫。

我頹然倒進一張椅子。事情更糟了，比我想像的還糟。這孩子完全沖昏了頭，而我求助無門，誰也幫不了我。她的母親，唯一可以讓她聽話的人，已經離開世間。一切只能靠我。

我相信，無論是過去或是後來，任何痛苦都比不上我當時所感受到的折磨。

§

不久，我打起精神，刮鬍、梳洗、換了衣服後，就到樓下去進晚餐。我想，我的舉止和平時沒有兩樣，似乎沒人注意到我有任何不對勁。有一兩回，我看見茱迪思對我投以怪異的目光。我想，她一定是看到我舉止一如往常，覺得大惑不解吧。

而私底下，我的決心卻愈來愈堅定。我需要的只是勇氣……勇氣和智慧。

晚餐後，我們都走到室外。大家抬頭望著天空，議論著悶重的氣壓，紛紛預言就要下雨、打雷，一場暴風雨即將來臨。

我從眼角看見茱迪思走過房宅一角，消失在視線外。不久，亞勒敦也朝同一方向走去。我結束了和博伊・卡林頓的談話，也慢慢朝那條路踱過去。

我想，諾頓曾經試圖攔住我。他抓住我的臂膀，我想他是想拉我到玫瑰園去散步。不過我沒有理會他。

直到我走過屋子的轉角，他還是跟在我身旁。

那兩人赫然在目。我看見茱迪思仰起臉來，看見亞勒敦的臉俯向她，看見他將她摟在懷中，接著四唇相接。

他們很快就分開來。我向前趨近一步，而諾頓用盡全身力氣，把我拉回牆角。他說：「聽好，你不可以……」

我沒讓他說完，並以堅定有力的語氣說：「我可以。而且我就要這麼做。」

「沒有用的，我親愛的朋友。這的確令人傷心，可是這種事你無能為力。」

我什麼也沒說。他或許以為事情就這樣了結，可是我心頭雪亮。

諾頓繼續說道：「我知道這種事令人感到多麼無力、多麼抓狂，可是你只能承認失敗。承認吧，老兄。」

我沒有反駁。我一面任由他繼續說下去，一面等待。接著我以決絕的步伐，再度彎過屋角。

那兩人已經不見蹤影，可是我很清楚，他們可能會在哪裡。不遠處，有個避暑小屋掩隱在丁香花叢後面。

我朝那小屋走去。我想諾頓還在跟著我，但我不確定。

當我走近小屋，我聽見說話聲，於是停下腳步。我聽到的是亞勒敦的聲音。

「噢，我親愛的小姐，那就這麼說定了，別再說不了。你明天到鎮上去，我就說我要到伊普斯威奇會一個好朋友，要留在那裡一兩夜。然後你從倫敦打電報，說你趕不回來。誰會知道我們正在我的公寓裡吃著誘人的晚餐呢？我向你保證，你不會後悔的。」

我感覺諾頓一直在扯我的衣袖，我突然溫順地轉過身去。看到他那張淨是焦急和憂心的臉，我差點失聲笑出來。我由著他把我拖回屋內。我假裝順從他，是因為在那一剎那，我知道自己該怎麼做了……

我字字清晰地對他說：「別擔心，老兄。我已經明白，那是沒用的。你不能左右孩子的生活。我已經想通了。」

好笑的是，他感到如釋重負。

沒多久，我告訴他我要早點上床睡覺，我說我有些頭痛。

對於我要去做的事，他絲毫沒有起疑。

§

我在走道上停頓片刻。走道非常安靜，半個人也沒有。所有的摺疊床都已翻下，做好了就寢的準備。被我拋在樓下的諾頓，房間就在房宅的這一側。伊麗莎白・寇爾正在打橋牌。我知道，柯蒂斯一定在樓下吃晚飯。這地方只剩下我一個人。

我不無自滿地想，這些年來我和白羅攜手合作，總算沒有虛度光陰。我知道該採取什麼樣的防範措施。

亞勒敦明天不可能去倫敦和茱迪思見面了。

亞勒敦明天什麼地方都去不了。

整件事情真是簡單得可笑。

我回到自己房間，拿起那瓶阿斯匹靈。隨後我來到亞勒敦的房間，走進浴室。安眠藥片就在食品櫃裡。我想，八片就足以奏效了吧。藥瓶上規定的劑量是一兩片，所以八片應是綽綽有餘。亞勒敦自己說過，這種藥劑的毒性成分不強。我看了看那標籤──「超過處方劑量會有危險」。

我暗自微笑。

我用一條絲綢手帕把手包住，小心翼翼地旋開瓶蓋。瓶蓋上絕不能留下任何指紋。

我將藥片全數倒出。沒錯，這些藥片的大小和阿斯匹靈幾乎一模一樣。我放了八顆阿斯匹靈在瓶裡，接著將藥瓶裝滿安眠藥，只留下八粒。瓶子看起來和先前毫無兩樣。亞勒敦不會看出任何異狀。

我走回自己的房間。我房裡有一瓶威士忌……在史岱爾莊，幾乎每個人都有一瓶。我取出兩只玻璃杯和一根虹吸管。就我所知，亞勒敦對於別人邀他喝酒，向來是來者不拒。等他上樓來，我會邀他到我房裡來個睡前小酌。

我把藥片放入少許酒汁，藥片很快就溶解了。我小心地嘗了嘗這種混合液。似乎有點苦味，不過很難察覺。我的計畫已定。我會在亞勒敦進門之際，親自倒杯酒出來。我會把那杯遞給他，接著再為自己倒一杯。一切都易如反掌，不露痕跡。

他不可能知道我的心情，當然，除非茱迪思告訴過他。關於這點可能，我思索了一陣，不過我想，這方面我應該安全無虞。茱迪思從來就不會對任何人說心事。

他大概以為我對他們的計畫渾然不覺。

現在的我無事可做，只有等待。我可能要等很久，搞不好得等上一兩個鐘頭，亞勒敦才會上來睡覺。他向來就是夜貓子。

我坐在那裡，靜靜等候。

突然間有人敲門，嚇了我一跳。是柯蒂斯，白羅在找我。

我驀然清醒過來。白羅！一整個晚上，我一點也沒想到他。他一定感到納悶，我到底出了什麼事。這令我有點擔心，第一，我覺得慚愧，因為我一直沒去找他；第二，我不想讓他起疑，覺得事有蹊蹺。

我跟著柯蒂斯穿過走道。

「原來，」白羅看到我就大喊，「你把我給遺棄了，呃？」

我勉強打了個哈欠，露出歉意的微笑。

「真對不起，老兄，」我說，「老實說，我頭痛得兩眼昏花，幾乎什麼都看不清了。我想，是因為雷雨氣壓的關係。我一直覺得昏昏沉沉，事實上，我昏得完全忘了我還沒進來跟你道晚安呢。」

不出我所料，白羅立刻開始擔心。他告訴我幾個治頭痛的辦法。他大驚小怪，怪我在這種天乾物燥的日子（在整個夏季最悶熱的日子裡）坐在露天下。我表示已經服用過阿斯匹靈，謝絕了他的好意，可是我拒絕不了他遞來的那杯甜得死人又難喝得要命的巧克力！

「你知道，這東西可以滋補神經。」白羅解釋道。

為了避免爭執，我把它喝了下去，接著在白羅依然不絕於耳的焦急而熱情的高聲叮嚀下，向他道了晚安。

我回到自己房間，裝模作樣地關上房門。接著我躡手躡腳地將門打開一條縫。這樣一來，我就不會聽不見亞勒敦上樓的聲音。只是我還得等上好長一段時間。

我坐在那裡等著，想到我的亡妻。我喃喃地對她低語：「你明白吧，親愛的，我要救她。」

她把茱迪思留給我照顧，我不能讓她失望。

在這一片靜寂之中，我突然覺得灰姑娘離我好近。

彷彿她就在這個房間裡。

而我依然坐在那裡，鍥而不捨地等著。

13

把一件虎頭蛇尾的事無情地寫下來，多少有傷一個人的自尊。

你知道，事情的真相是：那天我正坐著等亞勒敦，而我竟然睡著了！

不過，我想這其實並不意外。前一天晚上我輾轉難眠，白天又在外奔波了一整天，而為了做我決定要做的事，我心神不寧、精神緊繃，更讓我筋疲力盡。再加上雷聲隆隆的悶熱天氣，甚至由於我過於刻意想保持注意力，反而令我沉沉睡去。

反正，事情就是這樣。我坐在椅子上睡著了。等我醒來，小鳥在窗外吱吱喳喳，太陽早已升起，而我縮在椅子上，穿著禮服、肌肉痠痛、渾身難受、滿嘴口臭、頭痛欲裂。

一開始我深感不解，覺得難以置信並且痛恨自己，可是最後，我感到徹頭徹尾、無限的寬慰。

是誰曾經這麼寫過：「最黑暗的日子，只要能活到明天，終究會過去。」真是至理名言。我現在清明地、理智地意識到，我太鑽牛角尖、太剛愎自用了。這真像鬧劇一場，完全失了分寸。事實上，我竟然打定主意，要去殺一個人。

這時候，我的目光落到面前的那杯威士忌上。我打了個哆嗦，起身拉開窗簾，將它倒到窗外。昨天晚上我一定是瘋了。

我刮臉洗澡，換了一身衣服，感到精神好了許多。我到對門去找白羅。我知道，他向來醒得很早。我坐下來，把整件事情源源本本地告訴他。

我得說，這真是如釋重負。

他溫和地向我搖著頭。

「啊，你的想法真是愚蠢。我很高興你向我坦承了你的罪過，可是，親愛的朋友，為什麼你昨晚不來找我，告訴我你心裡的想法呢？」

我帶著一臉羞愧說道：「我想，我是怕你會攔著我。」

「我一定會攔住你。啊，那是無庸置疑。你以為我會願意看到你為了一個令人一看就討厭、名叫亞勒敦少校的惡棍而把絞繩套在你脖子上嗎？」

「我不會被抓到的，」我說，「我已經採取了周密的防範措施。」

「所有的殺人凶手都是這麼想。你的心思確實細膩，不過讓我告訴你，我的朋友，你並不如你自己認為的那麼聰明。」

「我所有的防範措施都做了。我留在藥瓶上的指紋已經被我擦掉了。」

「正是如此。你把亞勒敦的指紋也擦掉了，如果有人發現他死了，會怎麼樣？他們會解剖屍體，證明他死於安眠藥過量。而他是不小心服下過量的藥劑呢，還是故意的？啊，藥瓶上沒有他的指紋。可是為什麼沒有呢？無論是意外或自殺，他都沒有必要把指紋擦掉。然後他們就會分析剩下的藥片，結果發現那些藥幾乎一半都被換成了阿斯匹靈。」

「每個人都有阿斯匹靈。」我無力地低聲反駁。

「沒錯，但並不是每個人都有女兒正被心術不正——請恕我用這個有夠陳腐的成語——的亞勒敦追求。更何況，你前一天還因為這件事和女兒起過爭執。博伊．卡林頓和諾頓這兩個人會宣誓作證，你對那人懷有強烈的反感。不，海斯汀，事情看來是大大的不妙。你會立刻成為眾人注目的焦點，到時候你會心懷恐懼，甚至悔恨，而某個精明的警探就會斷定你是犯下這樁罪行的人。說不定還有人目擊你掉換那些藥片。」

「不可能。當時附近半個人也沒有。」

「窗外就是陽台，搞不好有人早就躲在那裡，向房內偷看呢。或是有人正從鎖孔裡偷窺你，誰知道？」

「你腦子裡老想著鎖孔，白羅。其實別人可不像你所想的，會花這個閒工夫從鎖孔裡窺探他人。」

白羅半瞇著眼，說我的天性太信任人了。

「告訴你，這宅子裡的鑰匙十分古怪。我個人喜歡把房門從裡面鎖上，哪怕忠實可靠的柯蒂斯就在隔壁。我才來沒多久，我的鑰匙就不見了，而且蹤跡全無！於是我不得不另外配一把。」

「噢，不管怎麼說，」我如釋重負地呼出一大口氣，不過滿腦子還是自己的煩惱。「鑰匙不會自己跑掉。想到有人會做這種事，真是太可怕了。」我壓低嗓門。「白羅，你該不是認為，因為……因為多年前這裡發生過謀殺案，所以感染了這裡的氛圍？」

「你的意思是，有一種病毒會傳染謀殺？噢，這種聯想很有意思。」

「每一棟房子都有它的氛圍，」我若有所思地說道，「這棟房子有過一段不幸的歷史。」

白羅點點頭。

「沒錯，這裡曾經住過一些人，事實上是好幾個人，強烈地想置他人於死地。這話確實沒錯。」

「我相信，現在某個人就受到了它的掌控。不過，白羅，告訴我，我該怎麼辦？我是指茱迪思和亞勒敦。這事非打住不可。你覺得我該怎麼做才好？」

「順其自然。」白羅以強調的語氣說道。

「噢，可是……」

「相信我，你愈插手傷害就愈大。」

「要是我去找亞勒敦……」

「你能說什麼、做什麼？茱迪思已經二十一歲，她可以自主了。」

「可是我想我應該可以……」

白羅打斷了我。

「不，海斯汀。你並不如你想像的那麼聰明、強勢、甚或狡猾，你不可能把你的個性強加到他或她身上。對亞勒敦來說，對付那些憤怒而無能的父親是家常便飯，說不定他還樂在其中，覺得這是個極有趣的笑話。而茱迪思，她不是那種橫眉豎目就可以唬住的人。我給你的建議是——如果這算是建議的話——你要反其道而行。如果我是你，我會信任她。」

我瞠目結舌地望著他。

「茱迪思，」赫丘勒．白羅說，「本性非常善良。我很喜歡她。」

我顫抖著聲音說道：「我也喜歡她。可是我替她擔心。」

白羅突然用力點點頭。

「我也一樣替她擔心，」他說，「可是，我的擔心和你不同。我非常擔心，可是我無能為力，或者說幾乎是無能為力。隨著時間流逝，海斯汀，危險已經迫在眉睫。」

§

我和白羅一樣清楚，危險已經迫在眉睫，而且由於前一天晚上我偷聽到亞勒敦的話，所以我比白羅更有理由憂心。

儘管如此，我一面下樓去進早餐，一面思索著白羅的那句話。

「如果我是你，我會信任她。」

這句話雖然出乎我的意料，但說也奇怪，它給了我某種慰藉，而且這句話幾乎立刻就應驗了。因為茱迪思顯然改變了心意。

用過早餐後，她沒去倫敦，反而一如往常，和富蘭克林直接到實驗室去。他們顯然會在那裡勤奮地度過一天。

一股強烈的感恩之情流遍我全身。昨天晚上我是多麼瘋狂而絕望！我以為（事實上是一心認定）茱迪思一聽到亞勒敦那華而不實的建議就上了鉤。現在回想起來，我根本就沒聽到她表示同意。不，她太清高，本質太良善而真誠，她是不會上鉤的。她拒絕了這場幽會。

我發現亞勒敦早早就吃過早餐，動身到伊普斯威奇去了。這麼說，他是照原計畫進行，而且以為茱迪思一定也會一如先前的安排前往倫敦。

「這倒好，」我高興地想，「他就要大失所望了。」

博伊·卡林頓走過來，說我今天早晨顯得特別開心。而他顯然怏怏不樂。

「沒錯，」我說，「我有好消息。」

他說，我比他好運多了。建築師來了個令人喪氣的電話，說修建工作遇到了麻煩，因為當地一個勘測員悍然否決了他們的提案。另外，他也接到一些令人發愁的信。還有，他擔心昨天讓富蘭克林太太疲累過度了。

富蘭克林太太確實因為近來的活躍和精神亢奮而使體力耗損不少，是該好好補補了。我聽克雷文護士說，富蘭克林太太變得很不可理喻。

克雷文護士不得不放棄這天本已獲准的休假。她本想利用這天去會幾個朋友，如今無法成行，她的憤怒不言而喻。打從一大早，富蘭克林太太就要她拿東拿西，嗅鹽、熱水瓶、各種特製的食品和飲料，還不讓護士離開房門。她神經痛、心臟周遭也痛；腳腿抽筋、渾身打冷顫，還有其他一些我不知名的毛病。

我敢說，當時沒有人（包括我）把這些毛病認真當回事。我們都以為，這只是富蘭克林太太總覺得自己有病的疑心症又犯了。

就連克雷文護士和富蘭克林醫生也這麼認為。

富蘭克林太太把醫生從實驗室裡拉出來。他仔細聆聽妻子抱怨的病情後，問她要不要請當地醫生過來看診，而她堅決反對。隨後他為她調製鎮靜劑，竭力安撫她之後，便又回到工作室。

克雷文護士對我說：「他當然知道她在裝病。」

「你真的覺得她的情況並不嚴重？」

「她的體溫正常，脈搏也好得很。要我說的話，她根本就是無病呻吟。」

她狀甚惱怒，說起話來也比平常粗魯。

「她看不得別人開心，總喜歡橫加阻撓。她恨不得她丈夫把心思全花在她身上，也要我從早到晚跟著她到處轉。就連威廉爵士，她也要他自覺像個大笨蛋，因為『他昨天把她累著了』。她就是這種人。」

克雷文護士顯然心知肚明，她的病人今天簡直不可理喻。據我猜想，富蘭克林太太對她確實無禮之至。她是那種護士和下人一看就討厭的女人，不只是因為她對她們呼來喚去，也因為她那頤指氣使的態度。

所以，一如我所說，誰也沒把她的不適放在心上。

唯一的例外是博伊．卡林頓。他走來走去，一副可憐相，就像個挨罵的小男孩。

從彼時到現在，我對那天發生的事情不知反覆思索過多少次。我極力回想一些被忽略的小事……一些已被遺忘了的細枝末節，回想當時每個人的舉止態度。那天他們是多麼一反常態，或者說激動不安。

且讓我再次將我對每個人的回憶詳細地訴諸筆墨。

一如我適才所說，博伊．卡林頓顯得坐立難安，十分內疚。他似乎認為自己前一天過於興奮，以至於沒有顧及女伴虛弱的身子，實在自私。他往樓上跑了一兩趟，打探芭芭拉．富蘭克林的情況，可是都被脾氣不怎麼好的克雷文護士粗魯地轟了出來。他甚至跑到鎮上買了一盒巧克力。這個禮物也被退回來，因為「富蘭克林太太不能吃巧克力」。

他愁眉苦臉地在吸菸室打開巧克力盒，連同我和諾頓一起神情肅然地將那些巧克力都給吃了。

現在想來，那天早晨諾頓心裡顯然有事。他顯得心不在焉，有一兩回愁眉深鎖，彷彿在為什麼事情煩心。

他很喜歡吃巧克力，還吃了許多，只是吃得心不在焉。

屋外，天氣終於發作了。十點之後，傾盆大雨開始下個不停。

有時候，雨天並不令人感到鬱悶。事實上，這場大雨反倒讓大家感到紓解。

近午時分，柯蒂斯將白羅抱下樓，安頓在客廳裡。伊麗莎白・寇爾陪著他，彈鋼琴給他聽。她的指法輕柔悅耳，彈的是巴哈和莫札特，都是我那位朋友最喜歡的作曲家。

十二點四十五分左右，富蘭克林和茱迪思從花園裡走進來。茱迪思臉色蒼白，表情緊繃。她十分沉默，神情恍惚，作夢似的四下張望，便又走了出去。富蘭克林則加入我們坐下，他顯得疲倦而若有所思，也同樣如坐針氈。

我記得，當時我說這場雨令人覺得紓解，他馬上說：「沒錯。有時候，事情非做個了斷不可……」

不知何故，我覺得他的話不單是指天氣。動作一向笨手笨腳的他不小心碰到桌子，弄翻了半盒巧克力。他帶著一貫的吃驚表情道了歉……顯然是對著那盒子。

「噢，對不起。」

這照理說是件可笑的事，可是不知為什麼，沒人感到好笑。他立刻彎下身子，撿起散落一地的巧克力。

諾頓問他，那天上午他是不是工作得太辛苦了。

他的臉上突然閃現出笑容，熱切、孩子氣、生氣蓬勃的笑容。

「不是，不是，我只是猛然領悟到，我以前全想錯了。其實必要的程序簡單得多，我現在可以走個捷徑。」

他帶點搖晃站起身來，目光顯得漫不經心，卻又充滿決斷。

「是的，捷徑。這是最好的方法。」

§

如果說那天上午大家都神經過敏、心神不寧，下午卻是出乎意料的開心。太陽露出了臉，空氣涼爽而清新。勒托爾太太被攙扶到樓下，安坐在門廊前。她的風度絕佳，不像平日那般喋喋不休，言語之間也不再話中帶刺，魅力展現無遺。她還是會取笑丈夫，但是十分溫柔，鍾愛之情溢於言表。他也對她微笑。看到他們這樣相處甚歡，確實令人高興。

輪椅上的白羅也樂於被推到室外，而他同樣精神百倍。我想他一定很高興，看到勒托爾夫婦如此相親相愛。上校彷彿年輕了好幾歲，那種徬徨不定的神色似乎大有改進，也很少去扯他的八字鬍。他甚至建議，晚上或許可以打橋牌。

「黛西想打橋牌。」

「我還真想。」勒托爾太太說。

諾頓提醒她，也許她會累著。

「一局就好，」勒托爾太太說，一邊眨眼一邊補上一句：「我會自制的，不會把喬治罵得狗血淋頭。」

「親愛的，」她的丈夫抗議道，「我知道我的橋牌打得糟。」

「那又怎麼樣？」勒托爾太太說，「那不正好讓我欺負你、數落你，好從中得到莫大的樂趣？」

這話引得大家都笑起來。勒托爾太太接著又說：「噢，我知道我的毛病，不過在我有生之年，我可不打算改掉。喬治非忍著點不可。」

上校帶著癡傻的神情望著她。

我想，就是因為看到他們伉儷情深，那天稍晚大家才會討論到結婚與離婚的話題。

離婚照理說會帶給男女雙方更大的自由，可是它真能讓這兩個當事人更快樂嗎？還是兩人在短時間的怒目相向、形同陌路——或許是因為第三者的介入——之後，過一陣子往往會自動修好，恢復親密和友誼？

有時候你會納悶，一個人的想法和他的個人經歷竟會如此南轅北轍。

我自己的婚姻幸福成功得令人難以置信，而且我基本上是個守舊的人，可是我贊成離婚……贊成割棄已經失去的東西，重新開始。而博伊．卡林頓雖然婚姻不幸，卻堅決主張婚姻束縛不可割捨。他說，他對婚姻制度懷有絕對的尊崇，因為它是國家的基石。

沒有家累也沒有私人牽絆的諾頓和我所見略同。奇怪的是，富蘭克林醫生這個滿腦子現代科學思維的人卻堅決反對離婚，這顯然與他思想和行為必須涇渭分明的理想大相逕庭。人總要承擔某種責任。對這些責任你必須身體力行，不能逃避，也不能棄如敝屣。他說，契約就是契約。一個人既然自願簽下契約，就必須遵行到底。任何其他做法都只會導致他所謂的一團糟。那種束縛會變得尾大不掉、剪不清理還亂。

他斜靠在椅子上，一雙長腿不斷無意識地輕踢桌子，口裡說道：「太太是男人自己選的，所以他要對她負責，直到她死，或是他死。」

諾頓說了一句無厘頭的話：「這麼說，有時候死亡倒是上天的恩賜，呃？」

我們都笑了。博伊．卡林頓說：「沒有你說話的份，小夥子，你從沒結過婚。」

諾頓邊搖腦袋邊說：「而現在為時晚矣。」

「是嗎？」博伊．卡林頓瞄他一眼，那眼神帶著調侃。「你確定？」

這時伊麗莎白．寇爾正好走過來加入我們的談話。她剛才在樓上陪富蘭克林太太。

我不知道是我自己的想像，還是因為博伊．卡林頓以意味深長的目光看看她又看看諾頓，諾頓的臉紅了。

這讓我心念一動。我探詢的目光望向伊麗莎白．寇爾。的確，相對而言，她還是個年輕的女人。更何況，她長得十分漂亮。事實上，她是個富於同情心的嫵媚女人，會為任何男人帶來快樂。最近她常和諾頓在一起。在搜尋野花、觀賞飛鳥的過程中，他們已經結為好友。我還記得她說過，諾頓是個仁慈的人。

噢，果真如此，我為她高興。她那挨餓、貧瘠的少女童年不會成為她最終幸福的障礙。那場曾經動搖她人生信念的悲劇發生得並不是毫無意義。我一面望著她一面想，比起我初到史岱爾莊的時候，她確實顯得更快樂，而且更……沒錯，更為開朗。

伊麗莎白．寇爾和諾頓。沒錯，是有可能。

突然之間，一股不安和煩惱沒來由地隱隱罩上我心頭。在這個地方規畫幸福並不安全，也很不恰當。史岱爾莊有股邪氣圍繞，而現在，就在這一剎那，我就能感覺到。我突然感到衰老和疲倦，沒錯，還有恐懼。

一分鐘後，這種情緒過去了。我想，誰也沒察覺到我的異樣，只除了博伊．卡林頓。幾分鐘後，他悄悄問我：「怎麼了？海斯汀？」

「沒什麼。怎麼了？」

「噢，你看起來……我形容不出來。」

「我只是有種感覺……憂心。」

「一種不祥的預感嗎？」

「是的，如果你想這麼形容的話。就覺得好像……好像有事要發生了。」

「有意思。這種感覺我也有過一兩次。你知道會發生什麼事嗎？」

他仔細注視著我。

我搖搖頭。其實我的憂心並不是明確知道會發生什麼事，只是心頭掠過一陣深深的沮喪和恐懼。

這時茱迪思也來到屋外，她緩步昂首，雙唇緊抿，那張臉嚴肅而美麗。

我覺得她既不像我也不像灰姑娘，倒像個年輕女教士。諾頓也有同感。他對她說：「你看來就像那個和你同名的女子，在割掉荷羅孚尼[6]頭顱之前的模樣。」

茱迪思露出微笑，揚揚眉毛。

「我不記得《舊約聖經》裡的茱迪思為什麼要那麼做。」

「噢，她是基於最高貴的道德情操，完全是為了大我。」

他言語間帶有一絲調侃，這又惹火了茱迪思。她紅著臉從他身旁走過，坐到富蘭克林身邊。她說：「富蘭克林太太現在好多了。她請大家今天晚上上樓去，和她一起喝咖啡。」

§

用過晚餐後，大家一面往樓上走，我心頭一面想，富蘭克林太太真是個喜怒無常的人。一整天下來把每個人都攪得雞犬不寧，現在又甜蜜得很，打算招待大家。

她穿著一襲淺綠色長睡袍，斜倚在歇椅上，旁邊有一張架在活動書櫥上的茶几，上頭已擺好咖啡杯盤。她雪嫩而靈巧的手指調著咖啡，克雷文護士在旁邊偶爾充當助手。幾乎每個人都來了，只除了以下這幾位：白羅一如往常，在晚餐前便已回房，亞勒敦還沒從伊普斯威奇回來，勒托爾上校夫婦留在樓下。

咖啡的香氣撲鼻而來，聞之令人垂涎。史岱爾莊供應的咖啡是令人看了就倒胃的渾濁液體，所以我們對富蘭克林太太新鮮磨製的現煮漿果咖啡莫不引頸期盼。

富蘭克林坐在茶几對面，她負責倒咖啡，他負責遞給我們。博伊．卡林頓站在長沙發一角，伊麗莎白．寇爾和諾頓在窗邊，克雷文護士則讓出位置，退到床頭邊上。我坐在一張扶手椅上，一面和《泰晤士報》上的縱橫字謎奮戰，一面唸出字謎的提示。

「均衡的愛或第三者危機？」我唸道，「八個字母。」

「這大概是個移位字謎[7]。」富蘭克林說。

趁著大家動腦之際，我繼續唸：「兩丘之間的人很殘酷。」

「『折磨者』[8]。」博伊．卡林頓立刻有了答案。

6　荷羅孚尼（Holofernes），故事見《舊約聖經》。巴比倫王的將軍荷羅孚尼率軍攻打猶太人，茱迪思這位美麗的猶太寡婦為了拯救同胞，到敵營勾引荷羅孚尼，將其殺害後割下腦袋回到城裡，猶太人因此擊退了巴比倫王的軍隊。

7　移位字謎（anagram），一種英語字謎遊戲，規則是顛倒一字或片語的字母而構成另外一個字或片語，例如將 now 移位置而成 won。

8　折磨者（tormentor），中間的「men」意為「人」，兩頭的「tor」意為多岩之小山。

「引述名句：『不論問她什麼，回聲總是如此答』；五字空格，是丁尼生[9]的詩句。」

「是『何處』（where），」富蘭克林太太開口道，「一定不會錯。不是有句詩是『回聲答向何處』？」

我表示懷疑。

「可是這個字的結尾必須是『w』。」

「噢，以w結尾的字很多，how、now、snow 都是。」

伊麗莎白．寇爾的聲音從窗邊傳來。

「丁尼生那句詩是『不論問她什麼，回聲均曰死亡』。」

我聽見身後有人猛吸了一口氣。我抬頭一看，是茱迪思。她經過眾人身邊走向落地門，步入外面的陽台。

我一面填進提示，一面說道：「均衡的愛不能構成一個移位字謎。第二個字母必須是『a』。」

「把提示再說一遍。」

「均衡的愛或第三者危機。第一個空格後面是『a』，接下去又是六個空格。」

「是『情人』這個古字。」博伊．卡林頓說。

我聽見茶匙在芭芭拉．富蘭克林的杯盤上叮噹作響。我繼續唸出下個提示。

「這人說『嫉妒是個綠眼怪物』。」

「莎士比亞。」博伊・卡林頓說。

「還是奧賽羅或愛米利婭[10]？」富蘭克林太太說。

「都太長了。提示上說只有四個字母。」

「是伊阿古[11]。」

「我敢肯定，是奧賽羅。」

「根本和《奧賽羅》無關。這是羅密歐對茱麗葉說的話。」

我們紛紛各抒己見，突然聽見陽台上的茱迪思高聲喊道：「看哪，一顆流星，啊，又一顆。」

「在哪裡？我們得許個願。」博伊・卡林頓說。

他走到陽台，和伊麗莎白・寇爾、諾頓、茱迪思站在一起。克雷文護士也走了出去。富蘭克林站起身，加入他們。他們站在陽台上，一面大呼小叫，一面望著夜空。

我依然留在房內，埋頭研究字謎。為什麼我要去看隕落的星星？我一無所願……

博伊・卡林頓突然快步走回屋裡。

9 丁尼生（Alfred Tennyson, 1809-1892），英國詩人。

10 愛米利婭（Emilia），莎士比亞名劇《奧賽羅》（*Othello*）中的人物

11 伊阿古（Iago），《奧賽羅》中的反派角色。

「芭芭拉，你一定要到外面去。」

富蘭克林太太立刻說：「不行，我走不動。我太累了。」

「胡說。你一定要出來許個願！」他笑起來。「別反抗。我抱你出去。」

他彎身一蹲，當下就把她抱在懷中。她邊笑邊抗議。

「博伊，放我下來，別那麼無聊。」

「小女生一定要到外面許願。」他抱著她走出落地窗，在陽台上將她放下。

我的頭埋得更深了。因為我憶起了往事……一個晴朗而炎熱的夜晚，蛙聲聒鳴中，突然一顆流星飛過。當時我正站在落地窗邊，立刻轉過身一把抱起灰姑娘，走到外面去看流星許願……

字謎上縱橫交錯的字行在我眼前跳動，變成模糊一片。

一道身影離開陽台，走進屋內。是茱迪思。

茱迪思過去從未見過我淚水盈眶，而且永遠不該見到。我急忙轉動書櫃，假裝在找一本書。我記得曾經在這個活動書櫃中看過一本舊版的莎士比亞。沒錯，找到了。我翻開《奧賽羅》。

「爸爸，你在做什麼？」

我一面喃喃唸著字謎提示，一面翻動書頁。沒錯，那句話出自伊阿古之口。

「啊，主帥，您要留心嫉妒；那是一個綠眼的妖魔，誰做了它的犧牲，就要受它的玩弄。」

茱迪思又接口唸出幾行。

「罌粟、曼陀羅，或是世上一切使人昏迷的藥草，都不能使你得到昨天晚上你還安然享受的酣眠。」

她的聲音有如銀鈴，深情而優美。

大家有說有笑，陸續回到房裡。富蘭克林太太又回到她的歇椅上。富蘭克林也坐回原座，攪動著咖啡。諾頓和伊麗莎白．寇爾各自喝完咖啡後便向大家告辭。他們答應勒托爾夫婦要去玩橋牌。

富蘭克林太太喝下自己那杯咖啡後，便開口要求服用「滴劑」。克雷文護士才剛跨出門，所以茱迪思替她從浴室裡拿來。

富蘭克林在屋內漫無目的地走來走去，一不小心絆倒在小桌上。他的妻子立刻說：「約翰，別那麼笨手笨腳。」

「對不起，芭芭拉，我在想事情。」

富蘭克林太太以做作的語氣說道：「你真是一頭大笨熊，對吧，親愛的？」

他心不在焉地望著她，接著說：「夜色很好，我想去散散步。」

他就這麼走了。

富蘭克林太太說：「你知道，他是個天才，從他的舉止風度就看得出來。我對他真的好佩服。他熱愛他的工作。」

「沒錯，沒錯，聰明的傢伙。」博伊・卡林頓漫不經心地說。

茱迪思突然往房外走，差點和正好進門的克雷文護士撞個滿懷。

「來一局『皮克』[12]怎麼樣，芭芭拉？」博伊・卡林頓說。

「噢，好極了。護士小姐，請你把撲克牌拿來好嗎？」

克雷文護士又走出去拿牌。我向富蘭克林太太道了晚安，謝謝她的咖啡。

出門後，我趕上了富蘭克林和茱迪思。他們正站在走道的窗邊，向外凝望。兩人並未交談，只是並肩而立。

當我走近他們，富蘭克林回頭看了一眼。他腳下動了動，帶點遲疑說道：「到外面走走好嗎，茱迪思？」

我女兒搖搖頭。

「今晚不了。」她突兀地加上一句：「我要去睡覺了。晚安。」

我和富蘭克林一同走下樓。他面帶微笑，輕輕吹著口哨。

因為自己心情鬱悶，我帶著火氣說道：「今天晚上你好像很自得其樂。」

他立刻承認。

「確實。我做了一件我早就想做的事，所以非常滿意。」

我和他在樓下分了手，接著在橋牌桌旁觀看了一陣。趁著勒托爾太太沒看見，諾頓對我眨眨眼。這場牌局似乎進行得異常和諧。

亞勒敦還沒回來。在我看來，這房子少了他不但快活些，也不再那麼壓抑。

我再次上樓，來到白羅房間，發現茱迪思和他坐在一起。我才進門，她就對我綻出微笑，但沒說話。

「我的朋友，她已經原諒你了。」白羅說，這句話簡直豈有此理。

「真是的，」我口沫橫飛。「我並不認為……」

茱迪思站起身。她張臂勾住我的脖子，吻了我面頰後說道：「可憐的爸爸。赫丘勒伯伯不該傷你的自尊，需要被原諒的是我。所以，請你原諒我，對我說聲晚安吧。」

不知為什麼，我卻這麼說：「對不起，茱迪思，我非常抱歉。我並不是故意要……」

她沒讓我說下去。

「沒關係，我們忘了這回事吧。現在一切都雨過天青了。」她臉上緩緩漾開一絲縹緲的笑容。她又說了一遍：「一切都雨過天青了……」接著便靜靜走出房間。

她離開後，白羅望著我。

「怎麼樣？」他劈頭就問，「今天晚上發生了什麼事？」

12 皮克（picquet），一種兩人紙牌遊戲。

我兩手一攤。

「什麼事也沒發生，也不可能發生什麼事。」我這麼對他說。

而事實是，我這句話簡直謬之千里。因為，那天夜裡果真出了事。富蘭克林太太突然病重，雖然多請了兩位醫生趕來，但無濟於事。隔天早上她就死了。

二十四小時後，我們才知道，她是死於毒扁豆鹼中毒。

14

死因調查庭於兩天後舉行。這是我第二次在這個地方參加這種庭訊。驗屍官是個幹練的中年男子，眼光精明敏銳，不苟言笑。

庭訊以醫學證據報告開場，證明死者因毒扁豆鹼中毒而死，除此之外，死者體內也發現有加拉拔豆的生物鹼殘存。毒藥是在前一天晚上七點至半夜之間進入體內。警方醫生和助手不願對時間做更精確的推斷。

下一個證人是富蘭克林。大體而言，他留給大家一個很好的印象，證詞清楚扼要。他太太死後，他檢查了存放於實驗室的溶劑，發現一個原本用來實驗、裝有加拉拔豆生物鹼烈性溶劑的瓶子現在裝滿了普通水，真正的溶劑所剩無幾。他不能確定瓶子內容是什麼時候遭到調換，因為他已經很多天沒用到這種溶劑。

驗屍官隨即提出問題，什麼人可以進出實驗室。富蘭克林醫生承認，實驗室的門通常都會上鎖，鑰匙一般都放在他的口袋裡。他的助手海斯汀小姐有一把備份鑰匙。無論什麼人想進研究室，只能從他或她那裡取得鑰匙。他太太偶爾會把東西忘在實驗室，這時她就會來借鑰匙。他自己從來不曾將毒扁豆鹼溶劑帶進屋內或是他太太的房間，他還認為，他太太絕不可能是意外服下這種溶劑。

在驗屍官進一步詰問下，他說妻子健康不佳，情緒低落，神經緊張已有一段時日。但她並沒有生理上的疾病，只是飽受精神抑鬱、情緒多變之苦。

他說她近來顯得很快活，因此他認為她的健康和精神狀況有了改善。他們之間並無爭吵，兩人相處和諧。她在世的最後那晚，他太太似乎神采奕奕，並未顯得愁眉不展。

他說他太太偶爾會說要結束自己生命之類的話，但他並未把她的話放在心上。驗屍官請他明確回答一個問題，他的回答是：依他之見，他太太不是那種會自殺的人。這既是他的醫學見解，也是他的個人意見。

繼他之後踏上證人席的是克雷文護士。一身整潔制服的她令人眼睛一亮，顯得瀟灑能幹，回答也是乾脆俐落，非常專業。她擔任富蘭克林太太的看護已有兩個多月。富蘭克林太太飽受憂鬱症之苦。她至少聽她說過三次「想要一了百了」，並表示她的生命毫無用處，她是拴在丈夫脖子上的重石云云。

「為什麼她會這麼說呢？他們之間是否有過任何爭執？」

「噢，沒有。不過她知道最近國外有個職務邀請她丈夫去，他為了不離開她而回絕了。」

「所以，她有時候會對這件事深感內疚？」

「是的。她總埋怨自己是個病貓，而且一說起這個，情緒就十分激動。」

「富蘭克林醫生知道這點嗎？」

「我想她並沒有常對他提起這些。」

「可是她經常感到意氣消沉？」

「噢，毫無疑問。」

「她是否曾經特意提到要自殺？」

「我想，她說『想要一了百了』就是這個意思。」

「她從來沒有暗示過她想用什麼方法來結束自己的生命嗎？」

「沒有。她說話常常語焉不詳。」

「最近可有什麼事令她特別感到鬱悶？」

「沒有。她近來精神頗好。」

「富蘭克林醫生說，她在死前的那天晚上神采奕奕，你同意他的話嗎？」

克雷文護士猶豫片刻。

「呃，那天晚上她很興奮。當天的白天她很不舒服，抱怨這裡痛那裡痛，還有頭暈。晚上她的精神似乎好些了，可是那種神采奕奕有些不自然。她顯得非常熱切，頗為造作。」

「你見過可能裝有毒藥的瓶子或其他任何容器嗎？」

「沒有。」

「事發當晚她吃了什麼？喝過什麼？」

「她喝了湯，吃了一小片肉、一些青豆、馬鈴薯泥，還有櫻桃餡餅。她還喝了一杯勃艮地葡萄酒。」

「酒是從哪裡弄來的？」

「她房裡就有一瓶。瓶底還剩下一些，不過我相信已經化驗過，沒有發現問題。」

「她可不可能趁你沒看見的時候在杯子裡下藥？」

「噢，有可能，這很容易辦到。我在房裡走來走去收拾東西，並沒有注意她。她身邊有個小公文箱和一只手提包。她大可將任何東西放入葡萄酒內，或是稍後放入咖啡或她最後喝下的那杯牛奶。」

「如果是這樣，你覺得她會如何處置那個瓶子或容器？」

克雷文護士想了想。

「呃，我想她可以在稍後將它扔出窗外，或是丟進字紙簍，甚至在浴室沖洗乾淨，再放回藥品櫃去。那裡頭有幾個空瓶，是我留下來隨時備用的。」

「你最後見到富蘭克林太太是什麼時候？」

「十點半。我為她安頓妥當，讓她準備就寢，她喝了熱牛奶，又說要一片阿斯匹靈。」

「那時候她的情況如何？」

證人思索片刻。

「呃，其實就和平常一樣……不對，我得說，她似乎有點興奮。」

「不是沮喪？」

「噢，不是，興奮得很。不過倘若她一如庭上所認為的是自殺，那也有可能，她或許會因此自覺崇高而感到雀躍。」

「你認為她是那種可能自殺的人嗎？」

一陣靜默。克雷文護士似乎非常躊躇，不知如何作答。

「噢，」她終於答道，「有時候我覺得她是，有時候又覺得不是。我……是的，大體而言，我認為她是可能自殺的人。她的心理很不平衡。」

下個證人是威廉・博伊・卡林頓爵士。他似乎心煩意亂，不過證詞有條有理。

在她死去的那天晚上，他和死者一起玩過皮克牌戲。當時他並未察覺到任何抑鬱的跡象，不過在數天前的一次談話中，富蘭克林太太曾經提過要結束自己的生命。她是個極度無私的女人，總認為自己妨礙了丈夫的前程而深感苦惱。她深愛丈夫，對他抱有熱望。有時候，她會因為自己的健康不佳而意氣消沉。

接著茱迪思被傳喚上來，不過她講得很少。

實驗室裡的毒扁豆鹼遭到調換，她一無所知。悲劇發生的那天晚上，富蘭克林太太或許顯得興奮了些，不過似乎和往常並無二樣。她不曾聽富蘭克林太太提過要自殺。

最後一個證人是赫丘勒・白羅。他的證詞言之鑿鑿，為大家留下深刻印象。他述及富蘭克林太太去世前一天和他的一次談話。她的情緒非常低落，數度提到要擺脫一切。她為自己的健康憂心，並且對他吐露，她覺得人生似乎了無意義，情緒常會跌到谷底。她還說，有時候她覺得長眠不醒是一大幸事。

他接下來的回覆引起了更大的騷動。

「六月十日早上，你就坐在實驗室門外？」

「是的。」

「你看到富蘭克林太太從實驗室裡走出來？」

「是的。」

「她手裡拿著什麼東西沒有？」

「她的右手握著一個小瓶子。」

「你確定嗎？」

「是的。」

「她看到你的時候是否感到慌亂？」

「她似乎嚇了一跳，如此而已。」

驗屍官開始進行總結。他說，陪審團必須確定，死者為什麼會走上死亡之路。確定死因並不困難，醫學證據已經指出，死者是因毒扁豆鹼硫酸鹽中毒致死。他們需要判定的是：她是無意間服下毒藥、刻意服毒，還是遭到他人下毒。大家剛才已經聽到，死者情緒常會跌到谷底、健康不佳，而且雖然沒有生理上的疾病，但精神極其耗弱。赫赫有名的證人赫丘勒・白羅先生言之鑿鑿，說他看見富蘭克林太太手裡握著一個小瓶子從實驗室裡出來，而且看見他時嚇了一跳。陪審團或許可以下這樣的結論：富蘭克林太太懷著結束自己生命的意圖，將毒物從實驗室裡取出。她似乎深受一種念頭所苦，覺得自己遮蔽了丈夫的光芒，阻礙了他的前程。如果說富蘭克林醫生是一位善良而深富愛心的丈夫，可說是持平之言。他從未對她的嬌弱表現出不耐，也不曾抱怨過她妨礙了他的前途。尋死的念頭似乎完全是她的一方之見。處於某種精神崩潰狀態的女人確實會如此鑽牛角尖。沒有證據顯示，毒物是何時、以何種手法服下的。最初盛放毒物的瓶子並沒有找到，這或許有些不尋常，不過一如克雷文護士所言，那瓶子有可能已被富蘭克林太太沖洗乾淨放回浴室櫥櫃中，因為它原先就放在裡面。這點請陪審團自行判斷。

不出多久，陪審團便做出了裁決。

陪審團認為，富蘭克林太太由於一時心智失常，結束了自己的生命。

§

一個半小時後，我來到白羅的房間。他顯得精疲力竭。柯蒂斯已將他安頓在床，正讓他服下興奮劑好恢復元氣。

我急於找他談話，不過終究克制住自己，一直等到那位貼身男僕做完事情離開房間，我的話立刻決堤而出。

「白羅，你說的都是實話嗎？你看到富蘭克林太太走出實驗室時手上拿著瓶子？」

一絲似有若無的微笑掠過白羅發紫的雙唇。他低聲說道：「我的朋友，難道你沒看見？」

「沒有，我沒看見。」

「可能是你沒注意到吧？」

「可能，我或許沒注意到。我當然不能發誓，說她手上並沒有瓶子。」我以狐疑的眼神看著他。「問題是，你說的可是真話？」

「你認為我會說謊，我的朋友？」

「我可不敢保證你不會。」

「海斯汀，你真讓我吃驚。你那單純的信念哪裡去了？」

「噢，」我讓步了。「我想你不會做偽證。」

白羅柔聲說道：「那不是做偽證。我的證詞並沒有經過宣誓。」

「這麼說，你說的是謊話？」

白羅本能地將手一揮。

「我的朋友，我的話既已出口，駟馬也難追。沒有必要去討論它了。」

「我真搞不懂你！」我大喊。

「有什麼搞不懂的？」

「你的證詞……關於富蘭克林太太提到自殺的那段話，關於她心情低落的證詞。」

「你自己也聽她說過這些話。」

「沒錯，可是那只是她喜怒無常的一面。你沒把這點說清楚。」

「或許我是不想說清楚。」

我瞪著他。

「你希望陪審團做出自殺的裁決？」

白羅沉吟片刻，這才回答我。他說：「海斯汀，我認為你不了解事情的嚴重性。沒錯，如果你願意這麼形容，我確實希望陪審團做出自殺的裁決……」

「可是你並不認為——我是說你自己——並不認為她是自殺？」

白羅點點頭。

「你認為……她是死於謀殺？」我說。

「是的，海斯汀，她是死於謀殺。」

「那麼你為什麼要把它壓下來，讓它被當作自殺而不再理會呢？這麼一來，所有的調查不就到此為止了？」

「正是如此。」

「你希望這樣？」

「是的。」

「可是，為什麼呢？」

「你竟然還沒想通，真是不可思議。算了，我們不談這個。你必須相信我的話，這是謀殺，是處心積慮、步步為營的謀殺。海斯汀，我告訴過你，有人會在這裡犯下罪行，而我們不可能阻止它，因為這個殺人凶手不但殘忍無情，而且意志堅決。」

我不寒而慄。我說：「接下來還會發生什麼？」

白羅露出微笑。

「這起案子已告終結……它已經被視為自殺而束之高閣了。可是，海斯汀，我和你還得繼續我們的地下工作，就像鼴鼠一樣。我們遲早會抓到X！」

「可是，如果在抓到他之前又有人遭到殺害呢？」我說。

白羅搖搖頭。

「不會。除非有人看見或察覺到什麼。不過，果真如此，他們勢必會說出來吧？」

／15

富蘭克林太太死因調查庭後那幾天發生的事，我的記憶有點模糊。當然，一定有個葬禮，而且吸引了聖瑪莉史岱爾村許多好奇人士來參加。就在葬禮上，一個眼圈黏呼呼、一臉凶相的老太婆把我叫住。

當時我們正從墓地魚貫而出，她走上前來和我搭訕。

「我還記得你，先生，我說得不錯吧？」

「呃，呃，大概吧。」

她根本沒管我說什麼，逕自往下說：「二十多年了。那個老太太死在莊園裡。那是發生在我們史岱爾村的第一樁謀殺案。我就說，那絕不會是最後一樁。大家都說，英格沙普夫人是被她丈夫給殺了。我們每個人都拍胸脯保證。」她狡獪的目光斜覷我一眼。「這一回，說不定又是做丈夫的下的手。」

「你這是什麼意思？」我厲聲說道，「難道你沒聽到法庭的裁決是自殺嗎？」

「那是驗屍官說的。不過他也可能出錯，你說是不是？」她以手肘捅我。「那些做醫生的，都知道怎麼除去自己的老婆。她對他好像不大有幫助吧？」

我惱怒地轉向她，她立刻縮頭縮尾溜了，口裡還叨唸著她沒有任何惡意，只是說來真有點奇怪，這種事竟然會發生第二回。

「而且，怪的是兩回你都在場，先生，你說是不是？」她又說。

我一陣恍惚，心想她是不是懷疑這兩樁命案是我下的手。這可真令人心煩，我這才真正領教到，本地人的疑心是多麼詭異而且如影隨形。

話說回來，這話說得也不離譜。因為，富蘭克林太太確實是遭人殺害。

一如我所說，我對那段日子的記憶已經模糊不清。有件事我倒是極為掛心，那就是白羅的健康。柯蒂斯跑來找我，他那張面無表情的臉現出一絲慌亂，他告訴我，白羅剛才心臟病發，情況相當嚴重。

「先生，照我看，他應該去看醫生。」

我火速趕到白羅房裡，可是他極力反對找醫生。當時我就想，這有點不像他。在我眼裡，他對自己的健康向來是小題大做之至。他討厭風，又是絲巾又是毛圍巾的，總把脖子裹得密密實實，腳一受潮就大驚小怪。他還經常量體溫，一有受寒的些微跡象，他便縮到床上去，說什麼「要不然我會得肺炎」，據我所知，他只要略有小恙，總是立刻把醫生找來。

而現在他真的得了重病，卻一反常態。

不過，或許這就是真正的原因。那些小病本就無足輕重，而今當他真的成了一個病人，他反倒害怕起來，不肯承認有病這個事實。他對它淡然以對，是因為他害怕。對於我的駁斥，他的回應是既激動又尖刻。

「啊，可是我已經看過醫生了，而且不只一個，是很多個！我找過布蘭克和達許（他道出兩位醫學專家的大名），而他們的藥方是什麼呢？他們把我送去埃及，在那裡我的病情卻更為沉重。我也找過R。」

我知道R，他是心臟科權威。我立刻問：「他怎麼說？」

白羅突然斜瞟我一眼，我的心也突然痛苦地跳了一下。

他平靜地說：「他已經為我盡了最大的努力，能做的都做了。我接受過好幾種治療，藥也不少，手邊應有盡有，除此之外……毫無起色。所以，海斯汀，你知道，看再多醫生也無濟於事。我的朋友，這部機器已經老朽。可惜人不能像車子，裝上一台新的引擎就能如常運轉。」

「可是，白羅，你聽我說，你的情況一定非同小可。柯蒂斯……」

白羅立刻問：「柯蒂斯？」

「是的，他來找我。他很擔心你心臟病發……」

白羅輕點著頭。

「沒錯，沒錯。有時候這病發作起來，旁人看著都痛苦。我想柯蒂斯還不習慣看到心臟病發作。」

「你真的不願看醫生？」

「我的朋友，看醫生沒有用。」

他的語氣溫和，但透著堅決。我覺得自己的心臟又痛苦地緊縮了一下。白羅對我露出微笑。他說：「海斯汀，這是我最後一樁案子。它將會是我辦過的最有意思的案子，也是最有意思的凶手。在X身上，我們看到一種出神入化、超乎尋常的技巧，令人深深嘆服。親愛的朋友，到目前為止，X的手法極為出色，連我——赫丘勒．白羅——也被打敗了！他已經展開攻勢，可是我還無法破解。」

「如果你身體健康……」我想安慰他。

可是這話顯然並不恰當，因為赫丘勒．白羅立刻火冒三丈。

「啊！難道我得跟你說上三十六遍，然後再說三十六遍，破案並不需要體力？你唯一需要的是……動腦筋。」

「噢，當然，沒錯，你的腦筋還管用。」

「管用？我的腦袋靈光得很。我的四肢或許癱瘓，我的心臟或許跟我搗蛋，可是我的腦袋，海斯汀，我的腦子可是絲毫無損。我的腦袋還是第一流的。」

「你的腦袋，」我順著他的話說，「棒極了。」

可是當我一面緩緩步下樓梯，心裡一面想，白羅的腦袋已經不如以往那般敏捷了。先是勒托爾太太僥倖脫險，接著是富蘭克林太太的死。而我們在這兩起案子上盡了什麼力呢？其實是毫無作為。

§

第二天，白羅對我說：「海斯汀，你昨天建議我去看病。」

「對，」我帶著殷切的語氣說，「如果你肯去，我會非常高興。」

「那好，我同意。我要去找富蘭克林。」

「富蘭克林？」我狐疑地看著他。

「他是個醫生，不是嗎？」

「是沒錯，可是，他的主業是研究，不是嗎？」

「毫無疑問。照我想，如果要他當個一般的開業醫生，他是不會成功。他欠缺你所謂的『視病如親』的態度。不過他有合格的資歷。事實上我應當這麼說，就像電影裡常聽到的台詞：『他比大多數人都了解他的專業。』」

只是這番話並沒有讓我完全心悅誠服。雖然我並不懷疑富蘭克林的能力，但他一向給我的印象是缺乏耐性，對別人的病痛毫無興趣。他對研究工作的態度或許令人欽佩，不過說到替人治病，他就不怎麼勝任了。

話說回來，白羅同意找他看病已經算是讓步了，而由於白羅在當地並沒有自己的醫生，所以富蘭克林欣然同意為他看一看。不過他加上但書，說如果需要定期治療，那就得請當地的執業醫生，因為他解決不了這種問題。

富蘭克林在白羅房裡待了很久。

他終於走出房門，而我正等著他。我把他拉進我房間，關上門。

「怎麼樣？」我焦急地問。

富蘭克林若有所思地說：「他是個非常了不起的人。」

「噢，確實沒錯。」我把這個不言自明的事實掃到一旁。「可是他的健康呢？」

「噢！他的健康？」富蘭克林似乎非常訝異，彷彿我剛才提到的事情完全不關痛癢。

「噢！當然，他的健康壞透了。」

在我感覺，這個回答根本不像醫生的專業術語。然而我聽說——是茱迪思說的——學生時代的富蘭克林是個非常聰穎的高材生。

「他的健康壞到什麼程度？」我焦心地問。

他瞄了我一眼。

「你想知道？」

「當然。」

這個傻子的腦筋在想什麼？

他幾乎立刻就告訴了我。

「大多數的人都不會想知道，」他說，「他們喜歡聽令人安慰的好話，他們要的是希望，喜歡吃定心丸。當然，出人意表的奇蹟式康復也不是沒有，但絕不會發生在白羅身上。」

「你的意思是……」我的心再次被揪得緊緊的，寒意直冒。

富蘭克林點點頭。

「噢，沒錯，他就是那樣。而且我敢說，他已經來日無多。要不是經過他允許，我是不會告訴你的。」

「這麼說，他自己知道。」

「不錯，他知道。他的心臟隨時會啪一聲，油盡燈滅。當然，誰也說不準是什麼時候。」

他頓了頓，接著又緩緩說道：「從他的言談中，我覺得他好像老惦記著要完成什麼事。據他自己形容，是他接下的一個任務。你知道是什麼事嗎？」

「知道，」我說，「我知道。」

富蘭克林帶著感興趣的眼神瞥了我一眼。

「他希望這項工作無論如何都要完成。」

「我懂了。」

我不知道約翰·富蘭克林對這項工作的內容是否已看出一些端倪！

只見他慢條斯理說道：「我希望他能完成。從他的言談看來，這項工作對他而言意義重大。」他沉吟片刻，又加上一句：「他的心智非常有條理。」

我急急問道：「可不可能有什麼辦法，在醫療方面……」

他搖搖頭。

「毫無辦法。如果他預感到心臟就要病發，就得打幾針亞硝酸戊酯。」

他接著說了一句莫名其妙的話：「他對人命非常尊重，對吧？」

「對。我想是這樣。」

「我不贊成謀殺。」這句話，我不知聽白羅說過多少回！每當他一本正經做出這樣的表白，總把我逗得好樂。

富蘭克林還在往下說：「這是我和他的相異之處。我沒有這種尊重。」

我不解地望著他。他偏著頭，臉上掛著一絲淺淡的笑。

「這是實話，」他說，「既然人難免一死，早死晚死又有何妨？毫無差別。」

「如果你真有這種想法，為什麼要當醫生？」我帶著憤慨質問他。

「噢，親愛的朋友，行醫不單是一種逃避最終結局的手段。它的意義遠大得多，它可以改善人生。一個健康的人死了，其實並不重要……不太重要；一個低能兒、白癡死了，則是好事一樁，不過如果你能發明一種正確的腺體植入法，矯正甲狀腺機能的不足，讓這個白癡變成一個健康的正常人，在我心目中，這就舉足輕重。」

我更加感興趣地看著他。我依然覺得，如果我罹患流行性感冒，我不會找富蘭克林醫生來看病，可是我不得不對他熾熱的真誠和身上所流露的力量肅然起敬。我發現，自從他太太去世後，他變了。他幾乎不曾表露屬於人之常情的哀痛。恰恰相反，他似乎顯得更加生氣蓬勃，不但心不在焉的時候減少，而且充滿了新的活力和熱情。

他突然問我，打斷了我的思路。

「你和茱迪思不大像，對吧？」

「沒錯，我想我們是不像。」

「她像她的母親嗎？」

我想了想，慢慢搖搖頭。

「其實也不像。我的妻子是個個性開朗、笑口常開的人。什麼事她都不會認真放在心上。她也曾試圖把我改造成那樣，不過，恐怕她沒能成功。」

他淡淡一笑。

「沒錯，你是個十分嚴厲的父親，對吧？茱迪思這麼說。茱迪思不常笑，她這位小姐很嚴肅。我想，她工作太辛苦了。這是我的錯。」

他陷入沉思。我陳腔濫調地說：「你的工作一定很有趣。」

「呃？」

「我說，你的工作一定很有趣。」

「只有屈指可數的人會覺得有趣。至於絕大部分的人都覺得極其枯燥……或許他們說得對。不管怎麼說，」他頭往後一仰，挺起胸膛，突然顯現出了他的本色，一個強而有力、富於男子氣概的人。「現在我時來運轉了！上帝啊！我高興得真想大叫。今天國家研究院通知我，那個職務依然懸缺在那裡，我已經到手了。我會在十天之內動身。」

「去非洲？」

「是的。太棒了。」

「這麼急。」我不免有些震驚。

他瞪著我。

「你這是什麼意思……這麼急？噢，」他的雙眉舒展開來。「你是說芭芭拉屍骨未寒？有何不可？其實她的死對我是最大的解脫，我何必裝模作樣？」

他好像被我臉上的表情逗得很開心。

「恐怕我沒時間去顧及那些俗套。我愛過芭芭拉，當年她很漂亮，我娶了她，可是大約一年後，我便從愛情的迷夢中清醒過來。我想，她愛我還沒有我愛她來得久呢。當然，我是讓她失望了。她本以為能影響我，可是她影響不了。我是個自私又頑固的人，想做什麼就做什麼。」

「但你為了她，拒絕了非洲的這份工作。」我提醒他。

「沒錯。不過那純粹是出於經濟上的考量。我答應過芭芭拉，要讓她過那種她已經過慣了的生活。如果我遠走非洲，她的日子就會捉襟見肘。而現在……」他露出微笑，活像個天真的小孩。「命運之神奇蹟似地眷顧了我。」

這話令我反感。沒錯，許多男人死了老婆後並不傷心欲絕，這是事實，大家心裡多少有數。可是，公然這麼說未免太過招搖。

他望著我的臉，只是似乎並未領會過來。

我厲聲說道：「難道你妻子自殺你一點也不心煩？」

他若有所思地說：「事實上，我不相信她是自殺，可能性微乎其微……」

「那你認為這是怎麼回事？」

他緊接著我的話說：「我不知道。我想，我也不想知道。你懂嗎？」

我瞪著他，他的目光冰冷無情。他又說：「我不想知道。我沒興趣知道。你懂嗎？」

我不懂，可是我感到厭惡。

§

不知道從什麼時候開始，我注意到史蒂芬．諾頓心裡有事。死因調查庭之後，他變得十分沉默。葬禮結束後，他依然四處遊走，眼睛望著地下，一臉悶悶不樂。他有個習慣，愛把手指插進一頭灰白的短髮，弄得整個頭髮東豎西翹。這個看似滑稽但無意識的舉動表示他心中有惑，而和他說話，他也是心不在焉，答非所問，我終於恍然大悟，一定有事令他心煩。我試探地問，是不是有什麼不好的消息，他立即否認。我只好暫時閉口，不再追問。

可是片刻後，他又試圖以笨拙而迂迴的態度，問起我對某件事的看法。

他語帶結巴（他認真說起某樁事情的時候總是如此），雜七雜八說了一大串，主題是關於道德。

「你知道，海斯汀，嘴巴上說一件事是對是錯，那是簡單之至，可是真正事到臨頭，卻又不是那麼容易。我的意思是，一個人可能會碰上一些事……那種原本不想讓你知道、完全是出乎意料、對你沒有好處、但又可能是極端重要的事。你懂我的意思嗎？」

「我恐怕不大懂。」我實話實說。

諾頓又蹙起眉頭，舉起雙手搓弄頭髮。他把一頭白髮弄得七橫八豎，一如往常般滑稽。

「這好難解釋。我的意思是，如果你無意間在一封私人信函中發現了一些事，這封信可能是你不小心或類似的原因而誤拆的……信本來是寄給別人，但你以為是你的，所以就拆開讀了起來。等你發現弄錯的時候，你已經看到信裡原本不該讓你看到的內容。你知道，這種情況可能發生。」

「噢，沒錯，當然有可能發生。」

「呃，我的問題是，那這人該怎麼辦呢？」

「這個……」我開始思索這問題。「我想，你最好跑去跟對方說：『非常抱歉，我誤拆了你的信。』」

諾頓嘆了口氣。他說事情不是這麼簡單。

「你知道，海斯汀，你可能會在信中看到一些令人十分尷尬的事。」

「你的意思是會令對方尷尬嗎？我想，那你就得假裝及時發現了錯誤，其實你什麼也沒看到。」

「對。」諾頓沉吟片刻，這才開口說道。只是他的模樣不像得到了滿意的答案。他愁眉苦臉地說：「真希望我知道該怎麼辦。」

我說，除此之外，我想不出還有什麼更好的辦法。

諾頓依然眉頭深鎖，口裡說道：「你知道，海斯汀，事情的嚴重性或許還不止於此。比如說，假設你在信裡看到的內容……呃，我的意思是，假設它對另一個人非常重要。」

我失去了耐性。

「說真的，諾頓，我不懂你到底是什麼意思。你該不會跑去偷看別人的私密信件吧？」

「不是，不是，我當然不會做這種事。我不是這個意思。而且，那根本不是一封信。我舉信件為例，只是想把事情解釋清楚。當然，無論你在無意間耳聞目睹了什麼，你都會放在心裡，除非……」

「除非什麼？」

諾頓慢吞吞地說：「除非這件事你應該說出來。」

我突然恢復了興趣。我望著他，而他繼續說道：「聽著，我們不妨這麼說吧；假如你是從……從房間鎖孔裡看到一些事情……」

提到鎖孔，我驀然想起白羅！而諾頓還是吞吞吐吐地往下說：「我的意思是，你可能有充分的理由要去看鎖孔……譬如鑰匙卡住了，你會想看看鎖孔裡是不是有東西塞到了，或是其他一些好理由……但你看到了你萬萬沒想到自己會看見的東西。」

一時之間，我對他結結巴巴的話聽若未聞，因為我忽然領悟過來。我記起那天我們在碧草青青的小丘上，諾頓舉起望遠鏡去看一隻斑紋啄木鳥。我記得他臉色立刻變得又苦惱又為難，還極力阻止我用他的望遠鏡。當時我立刻下了結論：他看到的東西和我有關……他看到的必定是亞勒敦和茱迪思。可是，如果事實並非如此呢？如果他看到的完全是另外一回事呢？我認為那件事一定和亞勒敦與茱迪思有關，是因為當時我滿腦子都是他們，根本不可能想到其他。

我出其不意地問：「是不是你從望遠鏡裡看到了什麼？」

諾頓顯得既驚訝又寬慰。

「我說，海斯汀，你是怎麼猜到的？」

「就是你、我和伊麗莎白·寇爾在小丘頂的那天，對吧？」

「對，就是那天。」

「而且你不願意讓我看到？」

「對。那種事情不能……呃，我的意思是，那種事情本來就不該讓任何人看見。」

「你看到了什麼？」

諾頓再度皺起眉頭。

「這就是問題所在。我該不該說出來？我的意思是，那是……呃，是偷窺。我看到一些我不該看到的事。我不是存心跑去偷看的；當時那裡確實有一隻斑紋啄木鳥，好漂亮，可是後來我又看到了其他東西。」

他不再往下說。而我已經起了好奇心，並且是大大的好奇，但我還是尊重他的謹慎。

我問：「那件事……很重要？」

他慢吞吞說道：「可能很重要。就是這樣。我也不知道。」

我又問：「是不是和富蘭克林太太的死有關？」

他嚇了一跳。

「你說這話真奇怪。」

「這麼說，它和富蘭克林太太的死有關。」

「不，不，並沒有直接關聯。不過，也可能有。」他吞吞吐吐地說，「它會讓你對某些事有新的看法。它可能意味著……噢，真要命，我不知道該怎麼辦才好！」

我也左右為難。我好奇得要命，但我又感覺到，諾頓非常不願說出他看到了什麼。這我可以理解。換成是我，我也會有同樣的感受。你雖然知道某件事的內情，但別人會認為你是以不當的手段得知的，這樣的處境總是令人不快。

一個念頭閃過我腦海。

「你為什麼不去找白羅商量？」

「白羅？」諾頓顯得有些狐疑。

「沒錯，請他給你一點建議。」

「呃，」諾頓緩緩說道，「這倒是個好主意。只是，他是個外國人……」他沒把話說完，表情十分尷尬。

我明白他的意思。白羅對「耍手段」一向義正辭嚴，這我太清楚了。我唯一不解的是，白羅為什麼從來沒想到自己也弄個賞鳥望遠鏡來？如果他想到，一定會這麼做。

「他會替你保守祕密，」我慫恿他。「而且，如果你不喜歡他的建議，你未必要照辦。」

「這倒是實話，」諾頓說，眉頭豁然開朗。「你知道，海斯汀，我想我就這麼辦。」

§

我很驚訝，因為白羅對我帶來的情報反應立即而激烈。

「海斯汀，你說什麼？」

他放下才剛送到嘴邊的烤吐司薄片，頭往前一伸。

「告訴我，快告訴我。」

我把事情經過說了一遍。

「那天他從望遠鏡裡看到了一件事，」白羅一面若有所思，一面重複我的話。「一件他不願意告訴你的事。」他倏地伸出手，抓住我的手臂。「這件事他沒跟其他人說過？」

「我想是沒有。沒有，我確定他沒告訴其他人。」

「海斯汀，你一定要特別小心。他不該告訴別人，甚至半點口風都不能露，這一點非常重要，否則很可能會有危險。」

「危險？」

「非常危險！」白羅的臉色十分凝重。「我的朋友，請他今晚到我房裡來。你知道，就像朋友出於善意隨性來看我那樣。別讓任何人疑心他是為了什麼特別理由來見我。要小心，海斯汀，要非常、非常小心。你剛說，那天還有誰和你們在一起？」

「伊麗莎白・寇爾。」

「她當時是否察覺到他神色有異？」

我拚命回想。

「我不知道。也許她察覺到了。我是不是該去問她，她有沒有……」

「你什麼也不能說，海斯汀，一個字也不能說。」

16

我把白羅的口信帶給諾頓。

「我一定會上樓去看他。我很樂意去看他。不過，你知道，海斯汀，我覺得對你很抱歉，我不該對你提那件事。」

「對了，」我說，「這件事你沒對其他人說過吧？」

「沒有，至少……沒有，當然沒有。」

「你確定你沒說過？」

「沒有，沒有，我什麼都沒說。」

「那好，千萬別說。至少在見過白羅之前不要說。」

我當時就注意到，他第一次回答我的時候，口氣中有幾絲猶豫，但第二次的答覆就非常肯定。不過，我日後還會再想起他的猶豫。

§

我再度登上那天我們去過的綠草蓊蘢的小丘。然而已經有人捷足先登，是伊麗莎白・寇爾。當我走上山坡，她轉過頭來。

她說：「你看起來很激動，海斯汀上尉。出了什麼事嗎？」

我極力讓自己冷靜。

「沒事，什麼事也沒有。我只是走太快，上氣不接下氣。」接著我以閒話家常的尋常語調加了一句：「就要下雨了。」

她仰頭看看天空。

「是呀，就要下雨了。」

我們默默佇立，相對無言。我發現我對這個女人深表同情。自從她告訴我她的真實身分和那場毀了她人生的悲劇後，我就一直對她另眼相看。兩個遭受不幸的人，會有濃厚的同病相憐的情愫。不過就她來說，還有第二春的餘地，至少我自己是這麼認為。我脫口說道：「今天我心情壞透了，毫無激動可言。我聽到關於我那位老友的壞消息。」

「你是說白羅先生？」

她那充滿同情的關注，不禁讓我一吐塊壘。

等我說完，她柔聲說道：「原來如此。這麼說，他隨時可能離開人世？」

我點點頭，無法言語。過了一兩分鐘，我才開口。

「如果他棄世而去，我在這個世上就真的形單影隻了。」

「噢，不會的，你還有茱迪思和其他孩子。」

「他們都散居各地，而茱迪思……唉，她有工作，她不需要我。」

「我認為，為人子女的都是在遇到麻煩的時候才覺得需要父母。你應該認清，這是人性的基本定律。我比你孤單多了。我兩個姐姐都遠在他鄉，一個在美國，一個在義大利。」

「親愛的小姐，」我說，「你的人生才剛開始。」

「在三十五歲的時候開始？」

「三十五歲又怎樣？我還巴不得我是三十五歲呢。」我故意補上一句：「你知道，我的眼睛又沒瞎。」

她探詢似地瞄了我一眼，接著就紅了臉。

「你不要以為……噢！史蒂芬．諾頓和我只是朋友。我們有許多相同的地方……」

「那更好。」

「他……他對誰都很友善。」

「噢，親愛的小姐，」我說，「別以為那純粹是友善，我們男人的天性可不是這樣。」

聽到這話，伊麗莎白．寇爾的臉頓然刷白。她以顫巍巍的聲音低語道：「你好殘忍，好盲目！我怎麼敢……想結婚？就憑我的出身背景，我姐姐又是殺人兇手……就算不是，也是神經錯亂，我不知道哪一種更糟些。」

我大聲說：「別讓那件事蠶食你的心。別忘了，事實或許並非如此。」

「你這是什麼意思？事情就是如此。」

「難道你忘了你對我說過：『那不是瑪格麗特做的』嗎？」

她屏住呼吸。

「我只是感覺而已。」

「一個人的感覺往往是真實的。」

她瞪視著我。

「你這話怎麼說？」

「你姐姐並沒有殺死你父親。」我說。

她一手捂住嘴，一雙睜得老大而驚惶的眼睛猛盯著我的眼。

「你瘋了，」她說，「你一定是瘋了。是誰告訴你的？」

「別管這個，」我說，「是真的。總有一天，我會證明給你看。」

§

我在宅子附近碰到博伊·卡林頓。

「這是我最後一晚住在這裡，」他告訴我。「明天我就搬走了。」

「搬去奈頓宅？」

「是的。」

「你一定很興奮。」

「是嗎？大概吧。」他嘆了口氣。「海斯汀，告訴你也無妨，能夠離開這裡我很高興。」

「伙食的確糟糕，服務也不周到。」

「我不是指這個。畢竟這裡的租金便宜，再說，對於這種出租客房的旅社，你不能期望太高。不，海斯汀，我的意思不止是舒適方面。我不喜歡這棟房子，到處都有一股邪氣，總是出事。」

「確實如此。」

「我不知道為什麼。或許，一棟房子一旦發生命案，就再也不一樣了。可是我不喜歡這樣，先是勒托爾太太發生意外——真是不幸——繼而是可憐的芭芭拉。」他頓了頓。「要我說，世界上最不可能自殺的人竟然自殺了。」

我躊躇著。

「呃，我想我不會說得這麼篤定……」

他打斷我的話。

「噢，我很篤定。出事的前一天，我幾乎整天都和她在一起。她神采奕奕，對於我們小小的旅遊興致勃勃。她唯一擔心的是約翰太專注於實驗，不知道會不會工作過度或拿自己去實驗那些鬼東西。你知道我怎麼想嗎，海斯汀？」

「不知道。」

「如果說有誰該對她的死負責，那就是她丈夫。我認為，他讓她心緒不寧。她和我在一起總是開開心心，而他卻讓她覺得，是她阻礙了他寶貴的前途（我倒願意給他一個前途），她因此精神崩潰。這傢伙，冷血得要命，始終一副泰然自若的樣子。他告訴我他要去非洲了，冷靜得什麼似的。真的，你知道，海斯汀，如果真是他下手殺了她，我不會感到意外。」

「你這話不會是當真的吧。」我厲聲說道。

「對，對，我不是真的有這個意思。不過，你知道，主要是因為我很清楚，如果是他殺了她，他不會用這種手法。我的意思是，眾人皆知他在研究毒扁豆鹼，所以如果是他下的毒手，照理說他不會用這種東西。話說回來，海斯汀，我不是唯一認為富蘭克林有嫌疑的人。這是一個應該知道內情的人給我的暗示。」

「那人是誰？」我厲聲問。

博伊・卡林頓壓低了嗓門。

「克雷文護士。」

「什麼？」我大為驚訝。

「噓。別那麼大聲。沒錯，是克雷文護士點醒我這個念頭。你知道，她這女孩很聰明，一身的機伶。她不喜歡富蘭克林，一直都不喜歡。」

我覺得納悶。我本以為克雷文護士不喜歡的是她的病人。我突然想到，克雷文護士一定知道不少富蘭克林的家務事。

「她今天晚上要住在這裡。」博伊・卡林頓說。

「什麼？」我很驚訝，因為葬禮一結束，克雷文護士就離開了。

「只住一夜，是中途借宿。」博伊・卡林頓解釋。

「原來如此。」

克雷文護士要回來，令我隱隱感到不安，可是我說不出為什麼。我不知道她回來是不是有任何原因。博伊・卡林頓剛剛說，她不喜歡富蘭克林……

為了讓自己消除疑慮，我突然激動地說：「她沒有權利對富蘭克林這樣含沙射影。再怎麼說，這件事會以自殺結案，就是拜她的證詞之賜。當然，還有白羅，他看到富蘭克林太太手裡拿著一個小瓶從實驗室裡出來。」

博伊・卡林頓疾聲駁斥：「一個瓶子能代表什麼？女人總是瓶瓶罐罐的……香水瓶、髮油、指甲油。你女兒那天晚上手裡拿著一個瓶子走來走去，這並不表示她想自殺，對吧？真是胡說八道！」

他的話戛然而止，因為亞勒敦正朝我們走來。這時遠處極合時宜地響起一陣低吼的雷鳴，有如一齣滑稽鬧劇的配樂。我想（以前就想過），亞勒敦無疑是扮演這個反派角色的最佳人選。

不過，芭芭拉．富蘭克林出事的那晚，他人不在這裡。再說，他又可能有什麼動機呢？

話說回來，我想到，X作案從來就沒有動機。這就是他的立場之所以穩固的原因。正因為如此，也唯其如此，我們才會一無進展。不過，那道令人豁然開朗的微光隨時都可能閃現。

§

此時此地，我想我應該特別書於文字：我從不曾想到，白羅也有可能失敗。在這場白羅與X的對抗中，我從未想過X會是最後的勝利者。儘管白羅體弱力衰，健康敗壞，可是我對他有信心，深信他會獲勝。你知道，我對白羅的成功已經習以為常。

而首先讓我心裡產生疑慮的，正是白羅本人。

我下樓去吃晚餐，順道先去看他。我已經忘記他為什麼口出此語，不過他突然說：「萬一我有什麼不測……」

我立刻高聲抗議。不會的；不可能有什麼不測。

「這麼說，你對富蘭克林醫生向你說的話並沒有用心聽。」

「富蘭克林什麼也不懂。白羅，你還會平平安安活上很多年。」

「有可能，雖然可能性微乎其微。不過，我說的不測是指特殊事故，不是一般的含義。

雖然我可能不久就會離開人世，但還不至於快得讓X稱心如意。」

「什麼？」我的震驚在臉上表露無遺。

白羅點點頭。

「是的，海斯汀。X畢竟是個聰明人。事實上，是個至為聰明的人。X不可能不知道，如果我早點離世，即使比自然死亡早幾天，對他也有難以估量的好處。」

「可是，可是，那怎麼辦呢？」我茫然失措。

「我的朋友，如果指揮官倒下，副官就要接手。你必須繼續。」

「我怎麼做得到？我完全一頭霧水。」

「這我已經安排好了。萬一我有個三長兩短，我的朋友，你可以在這裡……」他輕輕拍拍他身邊的公文箱。「找到你所需的一切線索。你看，我已經為所有的可能性做好了安排。」

「你其實不必那麼費心。只要你現在把我該知道的事全告訴我就行了。」

「不行，我的朋友。我知道內情而你不知道，這是極其寶貴的資產。」

「你是不是為了我把事情經過一五一十寫下來了？」

「當然不是。它也許會落到X手裡。」

「那你留給我什麼？」

「性質相同的暗示。它們對X來說毫無意義，這點你大可放心，但可以引導你去發掘真相。」

「這我可沒有把握。白羅，你的心思何必這麼拐彎抹角呢？你總愛把事情弄得很複雜。向來如此！」

「所以你是不是想這麼說，這已經成了我的癖好？或許吧。不過，你放心，我的暗示會帶領你發掘真相。」他頓了頓，接著又說：「話說回來，你可能會情願那些暗示並沒有讓你發現真相。你會說：『鳴鈴落幕，到此為止吧。』」

他的聲音裡有種東西，再度喚起我內心那股隱隱約約、難以言喻的恐懼。這種不寒而慄的感覺我已有過一兩回，就彷彿在某處，在我看不到的一個地方，存在著一個我不願看到的事實……一個我承受不了、不敢承認的事實。而在我心底，我已經知道那個事實是什麼……

我搖頭甩去這種感覺，下樓用餐去了。

／17

晚餐桌上的氣氛還算愉快。勒托爾太太又下樓來，愉快地說著有些造作的愛爾蘭土腔。富蘭克林也顯得活潑開朗，完全不似我往常見到他的模樣。我頭一回看到克雷文護士脫去制服，換上便服。卸下專業的矜持後，她還真是個非常迷人的年輕小姐。

用餐完畢，勒托爾太太提議打橋牌，最後大家圍著圓桌玩起牌戲來。大約九點半，諾頓說他打算上樓去看白羅。

「好主意，」博伊．卡林頓說，「很遺憾他近來身體欠佳。我也去。」

我不得不立刻插手。

「老兄，」我說，「你別去了吧？同時讓他和兩三個人說話會把他累壞。」

諾頓立即心領神會，接過話頭就說：「我答應要借他一本鳥類的書。」

博伊．卡林頓說：「好吧。你還會回來吧，海斯汀？」

「我會回來。」

我和諾頓相偕上樓。白羅正等著我們。我說了沒兩句話，就下樓去了。我們開始玩起蘭米牌戲[13]。

我想，博伊．卡林頓對今晚史岱爾莊無憂無慮的氣氛甚是不快。他或許想著，悲劇發生未久，大家忘得未免太快了些，所以打得心不在焉，常常胡亂出牌。最後他終於告退，不再玩下去。

他走到窗邊，打開窗戶，滾滾雷聲從遠處傳來。附近正下著暴風雨，只是還沒到達這裡。他關上窗，回到桌邊，站在一旁看我們玩了幾分鐘，隨即走出房間。

十點四十五分，我上樓準備就寢。我沒去白羅的房間。他可能已經睡下。再說，我不願再想史岱爾莊和這個地方的紛紛擾擾。我想睡覺……藉由睡覺而忘記。

我正要入睡，一個聲音驚醒了我。我以為有人在輕敲我的門，於是喊道：「請進。」但毫無回音。我扭開床頭燈，爬下床，朝走道上下張望。

我看見諾頓從浴室裡出來，回到他的房間。他穿著一件配色奇醜的格子睡衣，頭髮一如往常，東豎西翹。他走進房間，把門關上，緊接著我就聽見他的鑰匙在鎖孔裡轉動的聲音。

13 蘭米牌戲（rummy），以一副或兩副牌供兩人或多人玩的一種牌戲。

一聲低雷轟隆滾過我的頭頂。暴風雨愈來愈近了。

我回到床上。那聲鑰匙轉動的聲音令我有些不安。

它隱隱暗示著一種不祥之兆，雖然不十分明顯。諾頓晚上睡覺都會鎖門嗎？我不知道。是白羅警告他這麼做嗎？我突然一陣忐忑，想起了白羅門上的鑰匙失蹤得多麼離奇。

我躺在床上，頭頂上的暴風雨加上緊張，更令我心緒不寧。我終於爬下床，把我的門也鎖上，這才回到床上睡著了。

§

下樓吃早餐之前，我先去了白羅的房間。

他躺在床上，一臉的病容，我再度感到心驚。他臉上布滿了困乏、疲倦，皺紋縱橫。

「你好嗎，老兄？」

他耐著性子，對我露出微笑。

「我還活著，朋友。我還活著。」

「不感覺痛吧？」

「不痛，就是疲倦，」他邊說邊嘆氣。「非常疲倦。」

我點點頭。

「昨天晚上怎麼樣了？諾頓告訴你他那天看到什麼了嗎？」
「是的，他告訴我了。」
「他看到什麼？」
白羅若有所思地注視我良久，這才答道：「海斯汀，我不知道該不該告訴你。你可能會誤會。」
「你在說什麼？」
「諾頓告訴我，」白羅說，「他看見兩個人。」
「茱迪思和亞勒敦，」我喊道，「我那時就是這麼想。」
「但偏偏就不是，不是茱迪思和亞勒敦。我不是告訴過你，你可能會誤會？你這人真是直腦筋！」
「對不起，」我帶著幾分慚愧說道，「那你告訴我。」
「明天我會告訴你。我還有很多事情要仔細想想。」
「他看到的東西……對破案有幫助嗎？」
白羅點點頭。他闔上眼睛，靠回枕頭上。
「案子已經結束了。是的，結束了，只有一些零散的善後工作要收尾。下樓去吃早餐吧，我的朋友。還有，順便替我把柯蒂斯叫來。」
我照辦之後，便下了樓。我想見諾頓。我非常好奇，他到底對白羅說了什麼。

可是潛意識裡我還是感到不快。白羅缺少那種歡欣鼓舞的神情，令我感覺不妙。他為什麼要堅持保密呢？他身上那股無以名狀、深沉的悲哀從何而來呢？這一切的真相究竟如何？

諾頓不在早餐桌上。

飯後，我信步走進花園。暴風雨過去，空氣清新而涼爽。我發現昨晚這場雨相當大。博伊・卡林頓在草坪上。看見他我很高興，希望能和他談談心事。我早就想這麼做，現在我按捺不住了。白羅實在不宜再單打獨鬥下去。

這天早上，博伊・卡林頓顯得生氣蓬勃、自信滿滿，令我感到溫暖而寬慰。

「今天早上你起晚了。」他說。

我點頭。

「昨天睡晚了。」

「昨天夜裡下了一場雷雨。你聽見沒？」

我這才想起，睡夢中我不斷聽到滾滾雷鳴。

「昨天晚上我有點不舒服，」博伊・卡林頓說，「今天好多了。」他伸開雙臂，打了個哈欠。

「諾頓在哪裡？」我問。

「我想他還沒起床吧，懶鬼一個。」

我們不約而同地抬眼向上望。諾頓房間的窗戶恰好就在我們站立處的上方。我心頭一驚，因為二樓正面那排窗戶當中，唯獨諾頓房間的那扇還關著。

我說：「奇怪。你想他們會不會忘了叫醒他？」

「真奇怪，希望他不是生病了。我們上樓去看看。」

我們一同上了樓。那個女僕……一個長著一臉笨相的女孩正在走道上。我們問她，她答說她敲過諾頓先生的房門，可是沒人回應。她已經敲過一兩回，不過他好像沒聽到。他的門是鎖著的。

一股不祥的預感流遍我全身。我猛敲房門，一邊大喊：「諾頓，諾頓，你醒醒！」

隨著「你醒醒」的叫聲，我的不安愈來愈重。

§

顯然不會有人來應門了，於是我們去找勒托爾上校。他聽完我們的敘述，淡藍色的眼眸隱隱流露出驚恐。他開始猶豫不決地猛扯自己的唇鬚。

一向果斷的勒托爾太太卻毫不遲疑。

「你們得想辦法把門打開，除此之外別無良方。」

這是我一生中第二次在史岱爾莊看到破門而入的景象。門後的情景和第一次一模一樣，是暴斃。

諾頓穿著睡衣躺在床上。房門鑰匙在他口袋裡。他手中握著一把小左輪槍，玩具似的，但功能綽綽有餘。他額頭正中央有個小孔。

一時間，我想不起這情景令我憶起了什麼。可以肯定的是，那是一件非常久遠的事……我太累了，想不起來了。

我走進白羅房間，他看到我的臉色，劈頭就問：「出了什麼事？是諾頓嗎？」

「他死了！」

「怎麼死的？什麼時候死的？」

我把事情簡單地告訴了他。

最後我有氣無力地說：「他們說他是自殺。他們還能怎麼說呢？門是鎖著的，窗戶是關著的，鑰匙在他自己的口袋裡。真的！我親眼看見他走進房間，還聽見他鎖門。」

「你看見他了，海斯汀？」

「對，昨天夜裡。」

我解釋了始末。

「你確定那是諾頓？」

「當然。不管到哪裡，我都認得出那件老掉牙的睡衣。」

一時之間，白羅又恢復了本色。

「啊，可是你認得的應該是人，而不是一件睡衣。事實上，誰都可能穿上睡衣。」

「沒錯，」我緩緩說道，「我是沒看見他的臉。不過那頭亂髮是他的不會錯，還有那跛足而行的模樣。」

「我的老天，誰都可以跛足而行！」

我吃驚地望著他。

「白羅，你的意思是，我看到的不是諾頓？」

「我完全沒有這樣說。我只是氣惱，你竟然憑著那麼不科學的根據就說那人是諾頓。不，我一點也沒暗示那人不是諾頓。裝扮成諾頓對這裡的任何人來說都是難事，因為這裡每個男人都很高，都比他高很多。身高畢竟是偽裝不來的，沒錯，這難以偽裝。我敢說，諾頓身高只有五呎五。確實，這就像在變魔術，對吧？他走進自己的房間，鎖好門，把鑰匙放進自己的口袋，然後就被發現他被手中的槍射殺而亡，而鑰匙依然在口袋裡。」

「這麼說，」我說，「你不相信他是持槍自殺？」

白羅緩緩搖頭。

「不，」他說，「諾頓不是持槍自殺。他是被人蓄意殺害的。」

§

我昏昏然走到樓下。希望各位能原諒我，由於這件事如此撲朔迷離，以至於我沒想到那不可避免的下一步。我心亂如麻，腦子無法正常思考。

話說回來，這個邏輯又是如此顯而易見！諾頓為什麼會遭人殺害？我相信，是為了滅口，不讓他說出他看見的那件事。

可是，他已將那件事告訴了另一個人。

所以，那人也身陷危境……

不僅是身陷危境，而且是孤弱無助。

我早該知道。

我早該料想到的……

「親愛的朋友！」這是我剛離開白羅房間時，他對我說的話。

而那也是我聽到的他的最後遺言。因為，當柯蒂斯進去照料他的主人時，發現白羅已經氣絕了。

18

我根本不想去寫它。

你知道，我盡可能不去想它。赫丘勒．白羅死了，亞瑟．海斯汀的一部分也隨之而逝。

現在，我要把赤裸裸的真相告訴你，不做任何修飾。我只能做到這一步。

他們說，他是自然死亡，換句話說，他死於心臟病發作。富蘭克林說，他早就預期他會這樣死去。毫無疑問，諾頓的死引發了他的心臟病，而似乎是某種疏忽，他發病時，心臟藥亞硝酸戊酯正好不在床邊。

這是疏忽嗎？會不會是有人故意把藥移走了？不，這其中必然有更多的蹊蹺。X不可能把運氣賭在白羅的心臟病發上。

因為你知道，我拒絕相信白羅是自然死亡。就像諾頓是他殺、芭芭拉．富蘭克林是他殺一樣，他也是被人殺害的。但我竟不知道他們為何被置於死地，也不知道下毒手的是誰！

官方為諾頓的死召開了一場死因調查庭，以自殺結了案。只有外科醫生提出了唯一的疑點。他說，一個人對著自己額頭正中央開槍頗不尋常。但這是唯一有疑問的小地方。整件事情的經過可說是一目了然。門從內部反鎖住，鑰匙在死者口袋裡，窗戶都關得嚴嚴實實，左輪槍握在他手中。諾頓曾經抱怨頭痛，因為他某些投資最近出了差錯。這當然難以構成自殺的理由，不過官方總得提出一些說法。

那把左輪槍顯然是他自己的。在他租住史岱爾莊這段期間，女僕曾經兩度看到它躺在他的梳妝台上。所以，就是這樣了。又是一樁手法漂亮、精心策畫下的命案，而且一如既往，除了自殺外沒有第二種解釋。

在白羅與X的決鬥中，X贏了。

現在，輪到我出手了。

我走到白羅房間，拿走了那只公文箱。

我知道他已經指定我當他的遺囑執行人，所以我完全有權這樣做。箱子的鑰匙套在他的脖子上。

我在我房裡打開箱子。

我立刻就大吃一驚，那卷有關X案情的檔案已經不翼而飛。白羅一兩天前打開箱子的時候我還見過它。如果我需要證據，它就是X在活動的證據。那些文件要不是被白羅自己毀掉（絕無可能），就是被X毀了。

X，X，那該死的殺人魔王X。

不過，箱子並不是空的。我記得白羅曾經許諾，我會找到X無法理解的相關暗示。

這些就是暗示嗎？

裡頭有一部莎士比亞的劇本《奧賽羅》，是廉價的小型版本。另外一本是聖約翰．歐文[14]的劇本《約翰．弗格森》。劇本的第三幕夾著一張書籤。

我瞪著這兩本書，茫然不知所以。

這就是白羅留給我的線索。可是對我來說，它們一點意義也沒有！

它們可能意味著什麼呢？

我唯一想到的，是其中可能代表某種密碼。一種以劇本為基礎的字碼。

可是就算如此，我該如何解碼呢？

那兩本書上沒有一個詞、一個字母的下面畫了線。我試過以文火烘它，也毫無所獲。

我把《約翰．弗格森》的第三幕仔仔細細讀了一遍。最令人叫絕也最激動人心的場景是「腦袋缺了半根筋」的克盧蒂．約翰坐在椅上的那段獨白。這段獨白以年輕的弗格森出門去尋找那位侮辱了他姐姐的男人而告結束。人物的刻畫確實絕妙，不過我不相信白羅把它留給

14 約翰．歐文（St. John Ervine, 1883-1971），愛爾蘭劇作家和小說家。

我只是為了提高我的文學品味！

終於，當我一頁頁翻著書頁時，一張紙片掉了出來。上面是一行白羅的手跡：「找我的貼身管家喬治談談。」

噢，有眉目了。他把解碼的關鍵——如果這是密碼的話——留給了喬治。我必須找到他的住址，登門拜訪。

不過，我首先還得為我親愛的朋友做件傷心事，讓他入土為安。

這是他初次踏上這個國家的落腳處，今後他也會長眠於此。

這些天茱迪思對我特別好。

她總是陪我良久，為我打點一切。她既溫柔又富有同情心。伊麗莎白·寇爾和博伊·卡林頓對我也非常好。

諾頓的死對伊麗莎白·寇爾的影響不如我預期的大。如果她深感悲痛，那麼她是將它深藏在心底。

所以，一切都結束了……

§

是的，我必須把它寫下來。

我必須說出來。

葬禮結束了。我和茱迪思促膝而坐，試圖為未來繪製一些藍圖。

她說：「可是，親愛的爸爸，你知道，我到時候不會在這裡。」

「不在這裡？」

「我不會留在英國。」

我瞪著她。

「爸爸，過去我一直不想告訴你。我不想讓你煩上加煩。但是，現在你非知道不可了，我希望你別太介意。你知道，我要去非洲，和富蘭克林醫生一道去。」

我的火氣立刻爆發。這是不可能的，她不能做這種事，任誰都會說閒話。在英國當他的助手，尤其是他妻子還活著的時候是一回事；可是跟他遠走海外到非洲去，那是另一回事。辦不到，我絕對不允許。茱迪思說什麼也不能這樣做！

她沒有打斷我。她讓我把話講完，接著淡然一笑。

「可是，最親愛的爸爸，」她說，「我不會以他的助手身分去，我會是他的妻子。」

我彷彿五雷轟頂。我結巴著說：「那麼亞……亞勒敦是怎麼回事？」

她露出好笑的神情。

「根本沒有那回事。要不是你讓我那麼生氣，我本來會告訴你的。更何況，我也希望你……呃，繼續那麼想下去。我不想讓你知道是約翰。」

「可是，有天晚上我看見他吻你……在高坡上。」
她不耐煩地說：「噢，大概是吧。那天晚上我心情壞透了。這種事常有，你該了解吧？」
我說：「你不可以那麼快就和富蘭克林結婚。」
「可以，我可以。我想和他一起遠走國外，而且你剛才不是自己也說，這樣容易些。我們沒什麼好等的。」
茱迪思和富蘭克林。富蘭克林和茱迪思。
你能了解當時閃進我腦際的念頭嗎？那些想法潛藏在我心底已有一段時日了。
茱迪思手上拿著一個瓶子；茱迪思以激動的聲音宣稱：無用的生命應該讓位給有用的生命。這就是茱迪思，我摯愛而白羅也深愛的茱迪思。諾頓看到的那兩人，難道是茱迪思和富蘭克林？但如果真是他們……不，這不可能是真的。不會是茱迪思。富蘭克林倒是有可能，他是個怪人，一個冷酷無情的人，一旦打定主意要殺人，他會一次又一次地下手。
白羅願意找富蘭克林替他看病。
為什麼？那天上午他對富蘭克林說了什麼？
不會是茱迪思。不會是我那可愛的、嚴肅的小女兒茱迪思。
可是，白羅的神情多麼怪異。聽聽他說的那句話：「你可能會情願那些暗示並沒有讓你發現真相。你會說：『鳴鈴落幕，到此為止吧。』」
我突然靈光一閃，有了一個新想法。簡直荒謬絕倫！異想天開！所謂X的故事會不會全是憑空捏造出來的呢？白羅到史岱爾莊來，會不會是因為擔心富蘭克林的家庭會出現一場悲劇？他是來監視茱迪思的嗎？X的故事會不會全是杜撰，只是一個煙幕，所以他才守口如瓶，抵死也不肯對我透露半點口風？

而這場悲劇的核心人物會不會就是茱迪思，我的女兒？

奧賽羅！富蘭克林太太出事的那晚，我從書架上抽出來的書就是《奧賽羅》。難道這就是線索？

不是有人說過，那天晚上茱迪思看來就像那個和她同名的女子在割掉荷羅孚尼腦袋之前的模樣。茱迪思……難道那時她心中已存殺機？

19

這些是我在伊斯特本寫的。

我來到伊斯特本，是為了尋找白羅過去的管家喬治。

喬治跟了白羅多年，是個能幹又務實的人，只是沒有絲毫想像力。他敘述事情永遠是據實描述，看到什麼就信什麼。

是的，我去找喬治。我把白羅去世的消息告訴他，而他的反應一如其人，悲痛莫名，並且真情流露，幾乎毫不掩飾。我這才說道：「他是不是在你這裡留了一個口信給我？」

喬治立刻回答：「先生，您說給您的口信？沒有，就我所知是沒有。」

我大為意外，又追問了幾句，可是他非常肯定。

我終於頹然說道：「我想，那是我弄錯了。好吧，就這樣吧。我真希望你在他臨終之際陪在他身邊。」

「我也希望如此，先生。」

「不過，我想你父親既然病了，你當然應該回來照顧老人家。」

喬治以非常不解的眼神望著我。他說：「請您再說一遍，先生。我沒聽懂。」

「你是為了照顧父親才不得不離職的，對吧？」

「我並不想離職，先生。是白羅先生把我遣走的。」

「他把你遣走？」我瞪著他。

「先生，我並不是說他解雇了我。據我了解，不久之後我還要回去侍候他。可是讓我離開是他的意思，而且我在這裡陪我的老父親，他還給我合理的報酬。」

「這是為什麼？喬治，為什麼？」

「我真的不知道，先生。」

「你沒問他？」

「沒有，先生。我覺得以我的身分，我是不宜過問的。白羅老爺總有他的想法。他是個君子，也非常聰明。我一向了解他，也很尊重他。」

「沒錯，沒錯。」我漫不經心地隨口應道。

「他非常講究穿著，雖然異國風味太重，又太花稍……如果您明白我意思的話。不過，那當然很能理解，因為他本就是外國人。他的頭髮也是，還有他的八字鬍。」

「啊！他那赫赫有名的八字鬍。」我想到白羅過去多麼以他的八字鬍為傲，心中不禁一陣刺痛。

「是的，他對他的八字鬍非常講究，」喬治繼續說道，「他的鬍子不算時髦，可是很適合他，先生……如果您明白我意思的話。」

我說我很明白。接著我小心翼翼地輕聲問道：「我想，他的鬍子和他的頭髮，都是染過的吧？」

「他的確，呃，稍微修飾過鬍子，不過頭髮沒染過，最近幾年沒有。」

「胡說，」我說，「他的頭髮黑得像烏鴉一樣，看來就像假髮，不自然極了。」

喬治抱歉似地咳嗽了幾聲。「對不起，先生，那是假髮。這幾年白羅先生的頭髮掉了很多，所以他決定戴假髮。」

我在想，多麼奇怪，一個管家對他主人的了解竟然勝過最親密的至友。

我又回頭問到那個令我不解的問題。

「你真的不知道為什麼白羅先生要把你遣走嗎？你想想，老弟，仔細想想。」

喬治努力思索，但他顯然不太善於思考。

「先生，我唯一想到的可能，」他終於開口說道，「是因為他想雇用柯蒂斯，所以才把我遣走。」

「柯蒂斯？他為什麼想雇用柯蒂斯？」

喬治又咳了幾聲。

「這個，先生，我真的不知道。我看見柯蒂斯的時候，就覺得他好像不是個……對不起，不是個很聰明的人，先生。當然，他身強力壯，但我幾乎無法想像他會是白羅先生中意的那種人。我相信他曾經在精神病院當過一段時間的助手。」

我瞪著喬治。

柯蒂斯！

難道白羅堅持不肯對我多說，原因就在於此？柯蒂斯，這個我唯一連想都沒想過的人！沒錯，這是白羅刻意的安排。他要我在史岱爾莊的住客中細細搜尋神祕的X，可是X並不是住客！

柯蒂斯！

在精神病院當過一段時間的助手。我不知在什麼地方讀過，有時候某些精神病院和瘋人院的病患會被留下或日後又回去充當助手。

一個古怪、遲鈍、模樣蠢笨的人。一個可能出於自身一些奇怪而變態的理由而去殺人的人……如果真是如此，如果真是如此……

那麼，我這一大團疑雲就撥雲見日了！

是柯蒂斯嗎……

尾聲

亞瑟・海斯汀上尉的筆記

我的朋友赫丘勒・白羅過世四個月後，我拿到了以下的手稿。我接到一家律師事務所的通知，要我去他們的辦公室走一趟。在那家公司裡，他們「根據委託人，已故的赫丘勒・白羅先生之囑」，交給我一個封緘的包裹。我現在將其中內容複述如下。赫丘勒・白羅的親筆手稿：

我親愛的朋友：

當你讀到這些文字，我已過世四個月了。我天人交戰許久，不知是否該把寫在這裡的東西寫下來，而現在我已做出決定。我認為讓某人明白第二次「史岱爾莊事件」的真相，確實有其必要。我同時也大膽推測，在你讀到這份手稿之前，你一定羅織出了一些荒謬至極的推論，說不定還為你自己帶來痛苦。

不過，我必須這麼說，我的朋友，你本來可以輕而易舉識破真相的。我費心盡力，讓你看到了所有的提示。如果你依然毫無所獲，那是因為你一如既往，天性過於善良、對人信而不疑所致。誠可謂始終如一。

不過你至少應該知道，是什麼人殺了諾頓……即使你現在仍是一頭霧水，渾然不知殺害芭芭拉・富蘭克林的凶手是誰。後者的身分很可能會令你大為震驚。

一開始是我把你找來的，這你知道。當時我告訴你，我需要你，這是真話。我告訴你，我希望你當我的耳目，這也是真話，千真萬確的真話，但不是你所理解的含義！你得去看我希望你看到的，去聽我希望你聽到的。

親愛的朋友，你曾經抱怨，我對這樁案子的說明「不公平」，因為我藏私，沒把我知道的情報告訴你。換句話說，我不肯告訴你X是什麼人。這是實話，我這樣做是不得已的，雖然並不是出於我向你提過的那些原因。真正的原因，你馬上就會明白。

現在，我們不妨將X的種種審視一番。我曾經向你出示過幾樁命案的摘要。我對你指出，所有這些命案中的被告或嫌疑犯，似乎清清楚楚擺明了就是實際犯案的凶手，別無其他可能。隨後我又指出第二點重要的事實：在所有命案當中，X不是在場就是關係密切。你接著就驟下了一個推論。弔詭的是，這個推論可以說對，也可以說不對。你說，X是犯下所有這些命案的凶手。

可是，我的朋友，事實情況是：在所有這些（或幾乎是所有）案件中，只有被告才有可能犯案。話說回來，倘若真是如此，那麼該如何解釋X的存在呢？除了和警方或和刑事律師事務所有關聯的人，任何一個男人或女人都沒有道理會涉身五起命案。你會想，這是不可能的！你絕對、絕對不會想到有人會偷偷對你說：「噢，事實上，我認識五個殺人凶手。」不可能，我的朋友，這絕無可能。所以，我們就得出這個古怪的結論：我們偵查的對象是種觸媒……只有在第三種物質存在的情況下，另外兩種物質才會發生反應，而這第三種物質顯然並不參與反應，依然保持原狀。這就是X的立場。這意味著X出現在哪裡，哪裡就會發生命案，而X並沒有親身參與這些罪行。

這是個非同一般、極不尋常的局面！於是我知道，在我的偵探生涯即將告終之際，我終於碰到了一個爐火純青的罪犯，這人的犯罪手法如此高明，以至於永遠不會被定罪。

這種事令人驚異。但這並非新招，過去已有先例。我留給你的第一個「提示」，莎翁的劇本《奧賽羅》，就在這裡派上用場。從它精采絕倫的人物刻畫當中，我們看到了X的原型。伊阿古就是一個爐火純青的殺人凶手。苔絲狄蒙娜的死、凱西奧的死，事實上連奧賽羅自己的死，都是伊阿古的罪行，也由他一手策畫，由他付諸實行。而他始終作壁上觀，不受懷疑的沾染……或者說他本來大可如此，因為，我的朋友，貴國偉大的莎士比亞必須解決他自己的藝術所引出的兩難困境。為了揭開伊阿古的假面，他不得不借助最拙劣的工具……一條手帕，而這是一個和伊阿古的完美技巧完全不相稱的敗筆，也是一個讓大家更堅信伊阿古是無罪的謬誤。

是的，這就是謀殺藝術的極致。連一句直接的指涉都沒有。他總是阻止別人採取暴力，帶著嫌惡駁斥無中生有的懷疑，直到他自己說出這些懷疑為止！

在《約翰．弗格森》極為出色的第三幕中，也可以看到同樣的技巧。那一幕中，「腦袋缺少半根筋」的克盧蒂．約翰誘導別人殺了他自己所仇恨的人。那真是一段絕妙的心理分析片段。

海斯汀，你一定要明白，每個人都是潛在的殺人凶手。每個人心中時不時都會產生殺人的念頭，不過這並非殺人的意志。多少次你感覺或聽到別人這樣說：「她把我氣瘋了，我真想宰了她！」「他竟然說這種話，我恨不得殺了他。」「我恨極了，巴不得弄死他！」這些話都是肺腑之言。在那一瞬間，你的心智是清明的。你很想殺掉某某人。可是，你不會這樣做，你的欲望必須獲得你的意志的首肯。就兒童而言，這種剎車機制的功能還不完全。我就知道有這麼一個小孩，他被他的小貓攪得心煩，就說：「別再亂動，要不然我敲爛你腦袋，宰了你。」他真的這麼做了。可是過了一會兒，他發覺小貓再也不能起死回生，頓時嚇得呆若木雞，因為，你知道，那孩子其實是非常愛那隻小貓。由此可見，我們都是潛在的殺人凶手。而X的伎倆便是如此；他並不去撩起你殺人的欲望，而是去瓦解那種有把關功能的正常機制。這種伎倆經過長年的練習，已到了爐火純青的地步。X深知如何運用正確的字眼、言辭、甚至語調，在脆弱的環節上不斷施加壓力！這是做得到的，而且受害者絲毫不會起疑。這不是催眠術，催眠術不可能成功。這是一種更陰毒、更致命的手段。

這是動員一個人身上的各種力量去加深一道缺口，而不是去修補。這是激發出一個人身上最強大的力量，和最醜惡的心態結合為一。

海斯汀，你應該懂得的，因為這種事也曾發生在你身上。

所以，或許現在你已慢慢領悟到，我當初那些讓你又氣惱又不解的話到底是什麼意思了吧。那時我說有人即將犯案，我不一定是指相同的罪行。我告訴你，我到史岱爾莊來是有目的的。我說，我到那裡去，是因為有人即將犯案。你感到驚訝，因為我是如此的言之鑿鑿。可是我當然能夠確定，因為你知道，即將犯案的人就是我自己……

是的，我的朋友，這很離奇，很可笑，也很可怕！我，一個向來不贊成謀殺的人；我，一個珍視人命的人，卻以犯下謀殺罪行結束了我的生涯。這或許是因為我太自命清高，對正義過於執著，才會陷入這個可怕的兩難困境。因為，你知道，海斯汀，這個問題有它的兩面。我畢生的工作就是拯救無辜的人，阻止謀殺，而這回，這是我唯一能完成工作的方法。毫無疑問，法律動不了X一根毫毛。他固若磐石。我絞盡腦汁，也想不出還有什麼辦法能擊敗他。

話說回來，我的朋友，我並不願意這樣做。我知道應該採取什麼行動，可是我逼不了自己去動手。我就像哈姆雷特，老是將那邪惡的一天往後推延，直到又一個犯案的企圖發生……這次對象是勒托爾太太。

海斯汀，我一直很好奇，想知道你那眾所周知、對明顯事實的直覺會不會發生作用。它確實發生了作用。你第一個反應就是對諾頓生出幾絲疑竇。一點也沒錯，諾頓就是那個人。你的想法其實毫無根據，除了說他是個無足輕重的人……這種直覺雖然淺薄，卻是完全正確。就這點來看，我想你已經非常接近真相了。

我曾經細細思考過他的一生。他是獨生子，有個專橫跋扈的母親。他似乎從來沒有表達自己或令人印象深刻的天賦。因為輕微跛足，他在學校也不能參加遊戲活動。

你轉述過很多事情給我聽，其中很重要的一樁是：他曾經因為看見一隻死兔子噁心想吐，結果在學校裡大受嘲笑。我想，這件事很可能令他印象深刻。他厭惡血腥和暴力，結果名聲受損。我敢說，他在下意識裡一直在等待機會，希望以大膽和殘酷來彌補自己。

在我想來，他在很年輕的時候就發現，自己具有影響他人的力量。他是個很好的聽眾，個性沉靜又富於同情心。大家都喜歡他，同時又不甚注意他。他對此忿忿不平，進而善加利用。他發現，利用恰當的字句並佐以正確的刺激工具，要左右他的同胞真是易如反掌。唯一的必要條件是理解那些人……看透他們的心思、他們隱藏的反應和願望。

海斯汀，你是否領悟到，這種發現很可能餵養了他的權力感？他，史蒂芬．諾頓，一個人人喜歡卻又輕視的人，有能力役使別人去做他們不想做或是自以為（請注意這一點）不想做的事。

我可以想見，他這種嗜好愈養愈大，一點一滴地發展成借刀殺人的病態怪癖。在過去，他想殺人卻沒有體力，還因為體弱而遭到譏笑。

是的，這種癖好愈來愈深，終於成了一種強烈的欲望和需要！海斯汀，這是一種毒品，一種有如鴉片或古柯鹼般極易上癮的毒品。

諾頓，這個性情和善、充滿愛心的人，私底下是個虐待狂。他對痛苦和精神折磨已經上了癮。近年來，這些東西已成為全球的流行病，而且變本加厲。

它餵養了兩種欲望：虐待狂和權力。他，諾頓，掌握了生死大權。

一如其他被毒品所役的人，他必須去尋找他的毒品來源。他接二連三地找到了受害者。我毫不懷疑，他犯案的次數一定超過我確實掌握到的這五宗命案。所有這些案件中，他都扮演同樣的角色。他認識埃思林頓。他在李格居住的村鎮住了一個夏天，和李格在當地的小酒館裡一起喝酒。他在散步途中結識了芙蕾達．克萊這女孩，慫恿、挑撥她那已具雛形的念頭……如果她的老姑媽死了，那著實是件好事；姑媽不再受罪，她的生活也會變得寬裕而舒適。他是利奇菲德家的朋友，瑪格麗特．利奇菲德和他談話後受到啟發，認為自己可以成為一個女英雄，將她的幾個妹妹從終生束縛中解救出來。可是，海斯汀，如果沒有諾頓的影響，我相信這些人絕對沒有半個人會做出他們所做的事來。

現在，我們來看看發生在史岱爾莊的事件。我追蹤諾頓已有相當時日。他一結識富蘭克林夫婦，我就嗅到了危險的味道。你應該明白，即使像諾頓這樣的人，也得有個據以施展伎倆的基點。種子已先存在，你才能讓它成長茁壯。例如，在《奧賽羅》一劇中，我始終認為奧賽羅心中已先存有一種想法（他想的可能沒錯）：苔絲狄蒙娜對他的愛，是一個女孩對一位知名武士熱情而不穩定的英雄崇拜，並不是身為一個女人對他這個男人的堅定愛情。他或許已體會到，凱西奧才是她的真命天子，而她遲早會領悟到這一點。

富蘭克林夫婦成了我們這位諾頓最中意的候選人。一切條件無不具備！海斯汀，現在你一定知道（任何有知覺的人其實一眼即知），富蘭克林愛茱迪思，而她也愛他。他粗魯對待茱迪思，從來不正眼看她，完全不思以禮相待，這些早該讓你明白，這男人已經深陷於她的情網之中。可是，富蘭克林是個性格堅強的人，也是個非常正直的人。他的言語冷酷無情，他的道德觀念卻非常明確。在他的為人準則中，一個男人必須忠於自己選擇的妻子。

而茱迪思，我想連你都該看得出來，非常不快樂地深愛著他。那天你在玫瑰園裡看到她，她以為你知道了這個事實，因此勃然大怒。以她那種個性，絕不能忍受任何憐憫和同情的表示。這就像是碰觸到未癒的傷口。

隨後，她發現你以為她愛上了亞勒敦。她就任由你這麼想，一方面躲開你那表現拙劣的同情，一方面也避開對那傷口的二度刺激。她和亞勒敦調情，是一種走投無路之下的慰藉。她非常清楚他是個什麼樣的人。他討她歡心，讓她分心忘憂，然而她對他從未有過一絲一毫的感情。

當然，諾頓深諳情勢風向。他在富蘭克林這個三角習題中看到了機會。我敢說他先從富蘭克林身上下手，但徒勞無功。富蘭克林這種人對諾頓的陰毒挑撥具有免疫力。他的觀念涇渭分明、非黑即白，對自己的感情非常清楚，而且完全無視於外來的壓力。此外，他生活中最大的熱情在於工作。由於他對工作專心致志，所以他身上難有漏洞可鑽。

而在茱迪思身上，諾頓就成功多了。他異常巧妙地把弄著關於無用生命的話題。這是茱迪思的一個信條，並且這信條和她私下的宿願不謀而合。這個事實對她來說無足輕重，但諾頓知道，這是他的一大助力。他耍弄這個事實的手段異常巧妙……他站在和這種觀點相反的立場，溫和地加以嘲弄，說她絕對沒有膽子去採取這種決絕的行動。「這只是年輕人常有的一種膚淺想法，幸好他們不會付諸實行，只是說說罷了！」海斯汀，這種嘲諷多麼老套而廉價，卻每每能夠得逞！這些年輕人，他們是多麼脆弱啊！如此輕易就接受挑戰，雖然他們並不認為如此！

只要把無用的芭芭拉這個路障除去，富蘭克林和茱迪思就可以面對坦途。這句話從未有人說出口，這種話是絕對不能公開言說的。而這句話的重點是，個人利害和殺一個無用的人並不相干，絲毫干係也無，因為一旦茱迪思體認到這和自己的利益攸關，她的反應定會十分強烈。可是，對諾頓這種謀殺癖如此深重的人來說，他不會僅以一個對象為足。他會到處找機會下手，引以為樂。他發現勒托爾夫婦是個好對象。

你不妨回想一下，海斯汀，想想你們頭一次玩橋牌的那個夜晚。牌局散後，諾頓對你抱怨，而他聲音如此之大，你真怕勒托爾上校會聽到。當然，諾頓就是存心讓他聽到！他從不放過強調那些話的機會，讓它慢慢滲入人心。終於，他的努力累積出了成果。海斯汀，它就發生在你眼前，可是你始終不明白它是怎麼回事。基礎早已鋪好……日益沉重的精神負擔，在眾人面前出醜的羞慚，對妻子日深的忿懣。

仔細回想當天發生的事吧。諾頓說他口渴（他知不知道勒托爾太太就在屋內，而且會出面干涉？）。上校天性豪爽，立刻像個慷慨大方的主人做出回應。他提議請大家喝一杯，隨即進屋去拿。你們全都坐在窗外。他太太來了，於是出現了那個勢不可免的局面，而他也知道外面的人都聽到了。他走到屋外。只要有人打個圓場，這個插曲本可順順當當落幕……博伊．卡林頓無疑就足以勝任（他相當世故，處世圓融得體，雖然除此之外，他是我見過最自負、最令人生厭的人之一，而你佩服的恰恰就是這種人）。你自己也可應付得大致得體。可是諾頓卻開始喋喋不休，他沒完沒了、笨嘴拙舌地說著，暗藏鬼胎地小題大做，把事情弄得一發不可收拾。他嘮叨著打橋牌的事（讓上校想起更多的羞辱），漫不經心似地談到射擊的意外。不負諾頓這個有心人，那個老糊塗博伊．卡林頓立刻順著話頭，說起他的愛爾蘭勤務兵開槍打死親兄弟的故事……海斯汀，這故事當初就是諾頓說給博伊．卡林頓聽的。他心知肚明，無論什麼時候，只要他適度提醒，那個老糊塗就會把它當作自己的故事說出口。所以，你知道，這種最重要的暗示就不會來自諾頓之口。我的上帝，絕不會！

如此這般，一切水到渠成。冰凍三尺非一日之寒。這是壓垮駱駝的最後一根稻草。他本能覺得他的主人地位受到了冒犯，當著朋友的面遭到屈辱，痛苦地想到他們相信他對這些欺壓除了逆來順受外，絕無膽量去做轉圜。這時候，他想到「解脫」這個關鍵的字眼。小口徑步槍，意外事故，一個打死親兄弟的士兵……突然間，他太太的頭在他眼前一閃。「沒問題，只是個意外。我要讓他們瞧瞧，給她點顏色看看。這個該死的女人！我巴不得她死了好。她非死不可！」

可是，海斯汀，他並沒有射死她。我的想法是，即使在他開槍的那一瞬，他出於本能打偏了目標，因為他希望自己打偏。之後，那鬼迷心竅的剎那過去了。她是他的妻子，是他無論如何都深愛的女人。

這是諾頓沒有得逞的一項罪行。

啊，可是他還有下一步的打算！你可曾意識到，海斯汀，下一個對象就是你？回想一下吧，巨細靡遺地想。你，我誠實又善良的海斯汀！是的，他發現了你所有的弱點……也發現了你一切高貴、正直的特點。

亞勒敦是那種你直覺上既厭惡又畏懼的人。他是那種你認為應該被消滅的人。關於他的傳聞以及你對他的想法，無一不是真的。諾頓說了他的一則故事給你聽，就事論事，那個故事是百分之百的真實（雖然故事中的女主角其實患有精神分裂，而且出身貧寒）。

它正好迎合了你因循守舊、略嫌陳腐的本性。這人是惡棍，他誘拐女人，毀了她們的貞操，逼她們走上自殺之路！諾頓也誘使博伊・卡林頓來對付你。這便促成了你要去「和茱迪思談一談」。不出所料，茱迪思立刻回答說她高興怎樣過她的人生就怎樣過，你因此相信事情已到了無可挽回的地步。

你現在應該了解諾頓在你身上玩弄的各種弱點了吧。你愛你的孩子。像你這樣的人，對自己的孩子懷有強烈而傳統的責任感。你的天性帶點妄自尊大：「我必須想點辦法，一切只能靠我。」少了妻子聰慧的判斷，你感到徬徨無助。你覺得義無反顧，覺得絕對不能辜負她。而你也有比較陰暗的一面：你的虛榮心……因為和我一起工作，你以為自己已經學到偵探這行的一切訣竅！最後一點，是你內心深處一種大多數父親對自己女兒都有的情愫：為人父親者對即將從自己身邊奪走女兒的男人，常常莫名其妙地嫉妒和厭惡。海斯汀，諾頓就像個演奏高手，他彈奏這些曲調遊刃有餘，而你也隨之起舞。

你太輕信事情的表象。你一向如此，輕易就相信在避暑小屋中和亞勒敦談話的就是茱迪思，雖然你並未看到她，甚至沒聽到她說話。令人難以置信的是，即使在隔天早晨，你依然認定那就是茱迪思。你感到欣喜，因為她「改變了心意」。

但如果你肯費點心思去審視這些事實，你會立刻發現，茱迪思那天去不去倫敦的問題根本就不存在！而且，你也沒看出一個昭然若揭的事實。那天，某人本來要請假，後來因為走不成而大動肝火。那人就是克雷文護士。亞勒敦可不是一次只追一個女人的人！他和茱迪思僅止於調情，而他和克雷文護士的交往早已火熱多了。

不，舞台調度還是諾頓負責的。

你看見亞勒敦和茱迪思接吻，接著諾頓就硬是把你推過牆角。他心裡一清二楚，亞勒敦要到避暑小屋去和克雷文護士幽會。經過小小的爭執後，他任由你去，但依然亦步亦趨跟著你。亞勒敦傳入你耳裡的那句話正中他下懷，所以他立刻把你拉走，讓你沒有機會發現那女人並不是茱迪思！

是啊，真是高明！而你的回應也分毫不差，立刻隨著他吹奏的那些曲調起舞！你的回應是：決心下手殺人。

海斯汀，幸運的是，你的朋友頭腦依舊靈光。而且何止是他的頭腦！

我一開頭就說過，如果你到現在依然沒有識破真相，那是因為你對人信而不疑的天性所致。別人對你說什麼，你就信什麼。我告訴你的話，你照章全收都信了。

話說回來，發現真相對你來說其實輕而易舉。我把喬治遣走，為什麼？我找了個經驗不多、而且顯然遠不如喬治伶俐的人來代替他，為什麼？我對自己的健康向來戰戰兢兢，現在身旁卻沒有半個醫生照料，而且連你勸我去看醫生的話都不願聽，這又是為什麼？

現在你知道我為什麼需要你到史岱爾莊來了嗎？我需要一個對我所言深信不疑的人。我說我的身體從埃及回來後每下愈況，你相信了。其實不然，我回來後，身體比以前好多了！如果你肯費點心，就會發現真相。可是你沒有，你選擇相信。我之所以把喬治遣開，是因為我無法讓他信服，我的肢體突然失去了一切活動能力。喬治對於他眼中所見是非常機靈的，他會知道我在造假。

你明白了嗎，海斯汀？我一直裝成孤弱無助的模樣，而且騙過了柯蒂斯。其實我絕非如此。我能走路，只是有點跛。

那天晚上，我聽到你爬下床。我聽見你躊躇了一會，隨後溜進亞勒敦的房間。我立刻有了警覺。那時候我已經在替你的心理狀態擔憂。

我沒有耽擱。我正好獨自一人；柯蒂斯下樓吃飯去了。我溜出房間，穿過走道，聽見你在亞勒敦的浴室裡。我的朋友，我立刻就採取了你非常不齒的舉動，蹲身屈膝，透過鎖孔往浴室裡看。幸虧門上只有插銷，鎖孔上沒放鑰匙，我可以從中看到裡面。

我看見你在掉換那些安眠藥片。我立刻明白你打算做什麼。

於是，我的朋友，我開始行動。我回到房間，做好準備，等柯蒂斯上樓來，我要他去把你請來。你來了，一邊打哈欠一邊解釋說你頭痛。我立即大驚小怪，不斷對你推銷療方。你為了息事寧人，同意喝下一杯巧克力。你為了早點脫身，很快地把那杯巧克力灌下喉嚨。可是，我的朋友，我也有一些安眠藥！

你因此睡著了，一覺睡到大天亮。醒來之後你恢復了神智，還對自己差點做出的事感到驚心。

你現在安全了。一個人一旦恢復了神智，不會企圖再度做出這種事。

可是這件事讓我下定決心，海斯汀！我對其他人或許了解不深，但這並不適用於你。你不是個會殺人的人，海斯汀！然而，你卻可能因為一樁命案而問絞……雖然這樁命案真正的凶手另有其人，他在法律眼中卻是無罪的。

你，善良、正直又高潔的海斯汀，你是那麼地仁慈，那麼地光明磊落……又是那麼地天真無邪！

是的，我必須行動了。我知道我的時間不多，而我因此感到慶幸。因為，海斯汀，謀殺最可怕的一環，就在於它對凶手的影響。我，赫丘勒．白羅，說不定會慢慢相信，我是上天遣來對所有人分派死亡的使者。不過，幸好我沒時間變成這副模樣。我已經行將就木，而且我擔心，諾頓的詭計恐怕會在某個對我們倆來說都是珍貴無比的人身上得逞。我指的是你的女兒。

現在，讓我們談談芭芭拉．富蘭克林的死。海斯汀，無論你對這件事有過什麼樣的想法，我認為你一次也沒接近過真相。

因為，海斯汀，你可知道，是你殺死了芭芭拉．富蘭克林。

是的，就是你！

你知道，在這個三角關係中，還有另一個死角我並沒有充分考量到。這是我的百密一疏。事實上，諾頓的伎倆都是你我二人前所未見、聞所未聞的，但我毫不懷疑，諾頓用的正是這些伎倆。

海斯汀，不知道你是否想過，富蘭克林太太為什麼會願意住進史岱爾莊？如果你仔細思量，你會發現這裡根本不是她那種人喜歡的地方。她喜歡舒適，喜歡美食，尤其喜歡交際應酬。史岱爾莊並不是一個令人開心的地方。它管理不善，而且地處偏僻鄉間。儘管如此，富蘭克林太太卻執意要在這裡消磨一夏。

是的，這第三個角，就是博伊．卡林頓。富蘭克林太太是個失意的女人，這是她神經耗弱的根源。她在社會地位和財富方面都野心勃勃。她嫁給富蘭克林，是因為她認為富蘭克林前程似錦。

他是很有才華，但不是她所想的那樣。他的才華永遠不會讓他在報端大出鋒頭，或在哈利大街[15]上功成名就。他只會在寥寥可數的幾個同業中享有名氣，論文也總是發表在學術期刊上。外界不會聽到他的名字，而他也肯定不會發財。

正好博伊・卡林頓從東方回國了，他很有錢，又剛繼承了爵位。他對那位他曾經差點開口求婚的十七歲美麗少女一往情深。他準備住進史岱爾莊，建議富蘭克林夫婦同往，於是芭芭拉便來了。

這令她多麼如醉如癡！顯而易見，她對這個深具吸引力的富有男人絲毫不曾失去往昔的魅力。可是，他是個守舊的人，不是那種會建議她離婚的人。而約翰・富蘭克林自己也不贊成離婚。如果約翰・富蘭克林死了，她就可以成為博伊・卡林頓夫人。噢，那樣的生活多麼美好！

我想，諾頓發現她是個再順手不過的工具。

海斯汀，你只要想一想，一切便昭然若揭。她一開始就想讓別人相信，她深愛丈夫。她

15 哈利大街（Harley Street），倫敦街名，許多名醫都住在這裡。

做得過火了些……開口閉口說自己拖累了他，想要「一了百了」。

接下來，她換了一套完全不同的新台詞。她擔心丈夫會拿她做實驗。

我們早該對這些了然於心，海斯汀！她在為我們做心理準備，好迎接約翰．富蘭克林死於毒扁豆鹼中毒的消息。你知道，絕不會有人懷疑他是被什麼人毒死的……噢，不會，他純粹是因為科學研究而犧牲。他吃下了對身體無害的生物鹼，但這種生物鹼畢竟還是有毒。

唯一的問題是，它來得太快了些。你對我說過，她看見克雷文護士為博伊．卡林頓算命，大為不悅。克雷文護士是個迷人的年輕女子，喜歡招蜂引蝶。她曾經對富蘭克林醫生下過工夫，但是沒能得逞（所以她討厭茱迪思）。她又轉向亞勒敦下手……不過她很清楚，亞勒敦不會認真。這就不可避免地讓她把目光轉向多金而且依然深具吸引力的威廉爵士。而威廉爵士或許正求之不得，立刻準備接受這種挑逗。他早就注意到，克雷文護士是個健康、漂亮的女孩。

芭芭拉．富蘭克林慌了手腳，決定迅速行動。她期望自己能成為一個惹人憐惜、不失魅力又不至於因喪夫而拒人千里的寡婦。這一天來得愈快愈好。

如此這般，經過了一上午的緊張不安，她布置好了場景。

你知道，我的朋友，我對這種加拉拔豆帶有幾分敬意。你看，這回它就發揮了作用。它放過了無辜的人，懲罰了有罪的人。

富蘭克林太太請你們全體上樓去她的房間。她裝模作樣、煞有其事地沖調著咖啡。正如你告訴我的，她的咖啡放在自己身邊，她丈夫的咖啡杯則放在活動書櫃茶几的對面。

後來出現了流星，所有的人都跑出房間。只有你，我的朋友，留了下來……你和你的字謎、你的回憶。為了掩飾感情，你轉動了活動書櫃，要找莎士比亞劇本中的引句。

後來大家陸續回到房內，富蘭克林太太喝下了那杯滿是加拉拔豆生物鹼、原本是為了她滿腦子科學的親愛丈夫所準備的咖啡，而約翰．富蘭克林則喝下那杯純粹而美味、原本是為聰明的富蘭克林太太所準備的咖啡。

但是，海斯汀，只要你稍微想想就會明白，雖然我對發生的事瞭若指掌，但我心裡有數，我只有一條路可走。我無法證明已經發生的事。如果富蘭克林太太的死被認為是出於其他原因而非自殺，懷疑無可避免，一定會落到富蘭克林或茱迪思這兩個完全無辜的人身上。因此，我採取了完全正確的行動……我重述了富蘭克林太太那些非常令人難以置信、說要自我了結的話，並且不斷強調，終於令人深信不疑。

我有能力做到這一點……或許我是唯一具備這種能力的人。因為，你知道，我的證詞是有分量的。對於謀殺命案，我的經驗非常豐富。如果我確信它是自殺的話，那麼它就會以自殺定案。

我看得出來，這讓你感到迷惑，也很不高興。但幸好你沒起疑，察覺到真正的危險。

可是，在我離開人世以後，你會不會想到這回事呢？那念頭會不會像一條邪惡的蛇盤據在你心底，時不時抬起頭來說：「如果是茱迪思……」

有可能。所以，我才把這些寫下來。你必須知道真相。

只有一個人對自殺的裁決不滿意，那就是諾頓。你知道，他的血腥出擊落空了。一如我所說，他是個虐待狂。他渴望看到各式各樣的情緒：猜疑、恐懼、玩弄法律於指掌之間。而這一切他什麼也沒看到。他一手安排的謀殺出了差池。

可是不久後，他就看到有個辦法可以讓他得到補償。他開始放出風聲。更早的時候，他便已佯稱從望遠鏡裡看到了一件事。事實上，他刻意給人一種不容懷疑的印象，那就是：他看見亞勒敦和茱迪思一些有失體面的行徑。因為他沒把那件事說得很明確，他得以用不同的方式來利用它。

舉例來說，假設他說他看到富蘭克林和茱迪思在一起，那麼別人就會以不同的目光來看待這樁自殺案！它可能令人心生疑竇，想那到底是不是自殺……

所以，我的朋友，我決定立刻採取那勢在必行的行動。我做出安排，要你那天晚上把他帶到我房間來。

現在，我要把事情經過源源本本告訴你。毫無疑問，諾頓一定會非常樂意把他羅織的故事告訴我。我沒給他時間說。我清清楚楚、明明確確，把我所知的他的一切告訴了他。

他沒有否認。沒有，我的朋友，他光是靠坐在椅子上冷笑。是的，他在冷笑，沒有別的字可以形容。他問我，我既然有了這個可笑的想法，那我打算怎麼辦。我告訴他，我打算將他處死。

「啊，」他說，「原來如此。用匕首還是毒藥？」

當時我們正準備喝巧克力。這位諾頓先生，他喜歡吃甜食。

「最簡單的辦法，」我說，「就是一杯毒藥。」

我把我剛倒好的那杯巧克力遞給他。

「既然如此，」他說，「你不介意我喝你那杯，而不喝我這杯吧？」

我說：「我一點也不介意。」事實上，喝哪一杯都無關緊要。一如我說過的，我也服用安眠藥，只是因為每晚都吃，累積了相當時日後，我已經培養出某種程度的抗藥性。那點劑量足以讓諾頓沉沉入睡，對我的影響卻微乎其微。巧克力飲料本身就攙了藥，我們喝的是同樣的東西。他喝下的那份適時發生了效力，我的對我卻毫無影響，尤其我還吃了番木鱉鹼來抵消它的作用。

於是，我們來到了最後的結局。諾頓睡著後，我把他放進我的輪椅……這很容易，那輪椅有多種功能，再將它推回平常的位置，也就是窗簾後面臨窗的突出部分。

然後，柯蒂斯「照料我上床」。等到萬籟俱寂，我推著諾頓回到他房間。接下來，我就得利用我的至交海斯汀的眼睛和耳朵了。

海斯汀，你或許還沒發現，我戴的是假髮。你更不會發覺我的鬍子也是假的（這連喬治都不知道）。柯蒂斯來後不久，我假裝不小心把鬍子燒了，隨即要我的理髮師做了一個一模一樣的。

我穿上諾頓的睡衣，把我的灰髮弄得七橫八豎，接著步入走道，輕敲你的門。沒多久你就出來了，睡眼惺忪地朝走道裡四望。你看見諾頓離開浴室，跛著腳穿過走廊，走進自己的房間。你聽見他在房內轉動鎖孔裡的鑰匙，鎖上了門。

接著我把睡衣換到諾頓身上，將他放到床上，用小手槍打死了他。這把槍是我從國外帶來的，除了有兩回（當時四下無人）我趁諾頓出外良久、不在屋內之際把它放在他梳妝台上故意讓人看見之外，一直謹慎鎖著。

我將鑰匙放進諾頓的口袋，隨即離開了他的房間。我從外面用另一把早就配好了的複製鑰匙鎖好房門，再將輪椅推回自己的房間。

之後，我就開始寫這篇文字。

我累極了。一連串的勞頓令我疲累已極。我想，再過不了多久，我就要……

我還要強調一兩件事。

諾頓的犯行是完美的犯罪。

而我的不是。我沒有犯罪的意圖。

對我來說，除掉他最容易也是最好的辦法，就是公然殺了他……我們可以說，我那把小手槍意外走火了。我可以裝出驚恐、痛惜的模樣，彷彿它是一樁至為不幸的意外。大家就會說：「這個老糊塗，沒想到槍裡裝著子彈……可憐的老傢伙。」

我沒有選擇這麼做。

我要告訴你為什麼。

這是因為，海斯汀，我要秉持「運動精神」。是的，運動精神！你每每責備我老是按兵不動，其實我一直都在動。我待你是很公平的。我一直希望你的付出有所回報。我是在耍把戲，但也給了你所有的機會去發掘真相。

你可能不相信我，那就讓我把所有的線索都羅列出來吧。

關於鑰匙。

你知道諾頓是在我之後住進史岱爾莊的，因為我告訴過你。你知道我住進來後換過房間，因為我告訴過你。你知道我進來後房門鑰匙不見了，所以我重新配了一把，因為這也是我告訴你的！

因此，請你自問：還有誰可能殺死諾頓？既然鑰匙在諾頓口袋裡，有誰可能在他（顯然）從裡面反鎖了的房間內開槍射死了他？

答案是：赫丘勒·白羅。因為他在住進這裡之後，配過其中一間住房的鑰匙。

關於你在走道上見到的人。

我親自問過你，你是否確定你在走道上看到的人就是諾頓。你大吃一驚，問我是不是在暗示那人並非諾頓。我據實回答你，我絲毫沒有暗示那人不是諾頓的意思（這是當然，因為我為了讓你認為那人就是諾頓，曾經如此大費周章）。我隨即提出身高的疑點。我說，這裡每個男人都比諾頓高得多。可是，有個人比諾頓矮，那人就是赫丘勒·白羅。不過，踮起腳跟或把鞋子墊高好拉長身高也不難。

在你的印象中，我是一個無法行動的病人。可是這有什麼根據呢？只因為我這麼說過。還有，我之前就把喬治遣走，所以才會對你留下最後一個提示：「去找喬治談談。」

奧賽羅和克盧蒂．約翰，等於告訴你X就是諾頓。

那麼，誰有可能殺死諾頓呢？

只有赫丘勒．白羅。

一旦你猜想到這一層，那麼一切都各就各位了……我說過、做過的一切，和我令人費解的緘默。我的埃及醫生和倫敦醫生可以證明，我並沒有失去行走能力。喬治可以證明我戴的是假髮。不過有個事實是我無法掩蓋而你應該發現的，那就是：我跛足的程度比諾頓還要嚴重得多。

最後，看看手槍那一擊吧。這是我的一個弱點。我知道，我應該在他的太陽穴上打個洞。可是我無法勸服自己去製造如此偏斜、如此漫無章法的效果。不，於是我非常對稱地瞄準他的額頭中央來了一槍……

噢，海斯汀啊海斯汀！那一槍應該讓你恍然大悟。

不過，或許你已經想到了真相？或許，當你讀到這份手稿的時候，你已經心知肚明。

可是，不知何故，我認為你不會。

不會。你對人太過信而不疑了。

你的天性過於美好。

我還能對你再說什麼呢？我想你會發現，富蘭克林和茱迪思兩人已經知道真相，雖然他們不會告訴你。他倆在一起會幸福。他們會兩袖清風，會被無數的熱帶昆蟲叮咬，會被奇怪的熱病襲擊，但是，對於完美的人生我們各有各的定義，不是嗎？

而你，我可憐、寂寞的海斯汀將會如何呢？啊，我的心在為你淌血，親愛的朋友。你肯聽你老友白羅的勸嗎？就這最後一次？

當你讀完這份手稿，請你搭火車也好、開車或轉公車都好，去找伊麗莎白·寇爾，也就是伊麗莎白·利奇菲德。讓她也讀讀這份手稿，或是將內容告訴她。請你告訴她，你也曾差點做出她姐姐瑪格麗特所做的事，只是瑪格麗特身邊沒有那位時時警覺的白羅。把夢魘從她身上驅走，告訴她，殺死她父親的不是他女兒，而是那個善解人意又好心的家庭朋友，那個「最忠誠的伊阿古」史蒂芬·諾頓。

我的朋友，像她那樣的女人，依然年輕、依然動人，只因為相信自己的生命有了汙點，便把人生拒於千里之外，那是不對的。沒錯，那是不對的。你，我的朋友，必須這麼告訴她，因為你自己，對女人也並非沒有吸引力……

好了，我已無話可說。海斯汀，我不知道我的作為是對還是錯。真的，我不知道。我不相信一個人應該把自己當成法律。

不過，從另一個角度看，我就是法律！我曾經擊斃一個坐在屋頂上向下頭人群胡亂開槍的亡命之徒，那時候我還是比利時的年輕警員。在緊急狀態下，你是可以頒布戒嚴法的。我奪走諾頓一命，拯救了其他人命……那些無辜的生命。可是我還是不知道……或許我不知道倒好。我向來自信滿滿……過於自信。

而現在，我懷著極度的謙卑，像個小孩一般說道：「我不知道……」

再會了，親愛的朋友。我已將亞硝酸戊酯從我的床邊移開。我寧願把自己交到上帝的手裡。懲罰也好，寬恕也好，但願祂的審判很快就會來到。

我們不會再聯手出擊了，我的朋友。我們第一次聯手出擊在這裡，最後一次也在這裡。

那些都是美好的時光。

是的，那些時光真是美好……

（赫丘勒．白羅的手稿到此結束。）

§

（亞瑟．海斯汀上尉的後記。）

我讀完了。這一切我還是難以置信。不過，他說得對。我早該知道的，當我看到那彈孔不偏不倚地打在那人額頭正中央，我就該知道了。

奇怪——我這才想起，那天早上閃現在我心底的念頭。
諾頓額頭上的記號，就像是該隱的烙印……[16]

16 出自《聖經·創世記》，該隱是人類始祖亞當的長子，因嫉妒殺死了弟弟約伯，該隱因此常被喻為殺害兄弟者或殺人者。

專文推薦

藏在日常細節中的冒險

楊照（作家）

一開始，就都在那裡了。

一九二〇年，阿嘉莎．克莉絲蒂出版了《史岱爾莊謀殺案》，神探白羅就已經退休了。而且在這個案子裡，藉由敘述者海斯汀的轉述，就鋪陳出克莉絲蒂小說最基本的偵探原則：

「那些看來或許無關緊要的小細節……它們才是重要的關鍵，它們才是偉大的線索！」

「豐富的想像力就像洪水一樣，既能載舟亦能覆舟，而且，最簡單直接的解釋，往往就是最可能的答案。」

「沒有任何謀殺行為是沒有動機的。」

還有，一個不討人喜歡的死者，一群各有理由不喜歡死者、因而也就都有殺人動機的人，這些人彼此之間構成複雜的關係，有的互相仇視，有的互相愛戀，麻煩的是，有些愛人其實貌合神離，有些仇人其實私下愛慕；更麻煩的是，不論是愛或是仇，都有可能是扮演出來的。

一個外來的偵探必須周旋在這些嫌疑者之間，從他們口中獲取對於案情的了解，換句話說，他必須在很短的時間內，搞清楚誰是誰、誰跟誰吵架、誰跟誰偷情，然後判斷誰說的哪一句是實話、哪一句是謊言。常常謊言比實話對於破案更有幫助。

再偷偷透露一下，如果要和小說裡的凶手及小說背後的作者鬥智，就像克莉絲蒂對英國社會的了解，祕訣就在於要去追究小說裡的人物背景，尤其是他們的階級地位。基本上，階級地位愈高、權力愈大、愈有錢者，說的話就愈不要相信。例如在《史岱爾莊謀殺案》中，僕人、園丁說的話遠比有頭有臉的人說的要可信多了。就算要說謊，他們的謊言也比較天真，而且往往出於善良動機。當你歸納線索時，就會知道他們並非故意說謊，那是因為他們的認知受到蒙蔽或誤導，而你慢慢就從這蒙蔽或誤導中被引導到真相。

《史岱爾莊謀殺案》出版那年，克莉絲蒂三十歲，但書稿其實早在五年前就寫好了，畢竟要找到有人願意出版一個看來再平凡不過的家庭主婦寫的小說，並不是那麼容易。

所有和克莉絲蒂接觸過的人，都對於她的「正常」留下深刻印象。她看起來就和她那個年紀的典型英國家庭主婦一樣，害羞、靦腆，只能在社交場合勉強跟人聊些瑣事話題，完全無法演講，甚至連只是站起來對眾賓客說幾句客套話，請大家一起舉杯，她都做不到。她不演講，也很少答應接受採訪，就算採訪到她也很難從她口中得到有趣的內容。她會講的，幾乎都是記者本來就知道、或者自己就可以想得出來的。

例如說白羅這個神探的來歷。克莉絲蒂回答：他應該是個外國人，這樣就能在英國日常生活中看出英國人自己看不出的線索。她自己碰過的外國人，只有第一次大戰剛爆發時到英國避難的比利時人。比利時警察怎麼能跑到英國來？那一定是因為他已經退休了。他有潔癖，所以對於現場會有特殊的直覺，馬上感受到不對勁的地方。一個有潔癖的人，好像應該長得矮小些才相稱，一個矮小有潔癖的人最適當的名字，就是希臘神話裡的大力士「赫丘勒斯（Hercules）」，製造出荒唐的對比趣味。那白羅這個姓是怎麼來的呢？克莉絲蒂很誠實地說：「我不記得了。」

一切都如此順理成章，一切都如此合邏輯，不是嗎？有記者問她怎麼看自己的舞台劇〈捕鼠器〉，創下了英國劇場、甚至全世界劇場連演最多場紀錄的名劇？克莉絲蒂的回答也還是中規中矩，合理合節：那是一齣小戲，在一個小劇院演出，成本很低，任何人想到了都可以帶家人或朋友去看，老少咸宜，並不恐怖，也不特別荒謬打鬧，可是又什麼都有一點，包括恐怖和荒謬打鬧的成分。

她的身上找不出一點傳奇、怪誕色彩，那她為什麼能在五十年間持續寫偵探小說，創造了那麼多謀殺，還創造了那麼多詭計？

首先因為她是女性，以及她的身世，包括她的階級身分，使得她在描寫故事場景時比一般男性作者來得敏感。因為在她之前的偵探推理小說男性作家的階級身分都是高高在上，基本上他們會從較高的角度看社會，比較看不到底層的感受。

而她的婚變以及婚變中遭逢的痛苦，都使她更能體會與觀察，將英國社會的複雜細節融入小說的核心情節，讓探案與線索分析結合在一起。

克莉絲蒂一生結過兩次婚，第一次在一九一四年，婚後不久，丈夫就參加了歐戰，是英國皇家空軍最早一批飛行員。一九二六年，這個丈夫有了外遇，直率地向克莉絲蒂要求離婚，在那之前，克莉絲蒂的媽媽才剛過世，雙重打擊之下，又遇到車子無法發動，克莉絲蒂崩潰了，她棄車而走，忘記了自己究竟是誰，躲進一家鄉間旅館，登記時寫了她心裡唯一有印象的名字——她丈夫情婦的名字。

離婚後，一次在晚宴中，有人提起近東烏爾考古的最新收穫，克莉絲蒂就取消了原定要去西印度群島的計畫，改訂了跨越歐洲到君士坦丁堡的「東方快車」，是的，就是這趟旅程給了她寫《東方快車謀殺案》的靈感。不過更重要的是，在烏爾，她認識了一位年輕的考古學家，比她小十四歲，這個人後來成了她的第二任丈夫。

這位考古學家陪她去參觀在沙漠中的烏克海迪爾城，卻在沙漠中迷路困陷了。幾小時中克莉絲蒂卻沒有一點驚慌不安，當下考古學家就決定要向她求婚。

原來，克莉絲蒂的內心是有這種冒險成分的。要不然她不會兩次選到的，都是喜愛冒險的丈夫，而她本身大概也不會吸引一個在各種危險情境下挖掘古代寶藏的人，讓他願意向一個大他十四歲的女人求婚。

這樣說吧，維多利亞時代後期的英國環境，壓抑限制了克莉絲蒂冒險、追求傳奇的內在衝動，她只好將這樣的衝動寄託在丈夫和寫作上。她一邊陪著第二任丈夫在近東漫走，一邊在小說中寫各式各樣的謀殺與探案。謀殺和探案都是冒險，還有，偵探偵查中做的事──蒐集線索，還原命案過程──其實和考古學家的考掘，如此相似！

克莉絲蒂寫得最好的，正是「藏在日常中的冒險」。她個性中的雙面成分，造就了特殊的偵探魅力。既嚮往非常傳奇，卻又有根深柢固的日常邏輯信念，兩者都在克莉絲蒂的小說中扮演了重要角色。她的謀殺案幾乎都和日常習慣緊密編織在一起，日常環境成了凶手最重要的掩護。有些日常規律明顯地被破壞了，讓我們很自然以為那會是謀殺的線索，沿著這些線索形成了閱讀中的推理猜測，然而白羅早就提醒了，真正重要的反而是那些「細節」，也就是看來像是依隨日常邏輯進行的事，或說藏在日常邏輯中因而不被看重的事，那裡要嘛藏著凶手的核心詭計、煙幕，要嘛藏著凶手致命的破綻。

凶案的構想，就是如何讓異常蓋上日常、正常的面貌，又如何故意將日常、正常予以扭曲，製造假象；那麼偵探要做的，就是如何準確地在日常中分辨出真正的異常，將假的、明顯的異常撥開來，找出細節堆疊起來的異常真相。

此外，克莉絲蒂的小說裡隱藏著極其曖昧的情感價值觀，最典型、最有名的就是《東方快車謀殺案》。透過追查過程，讓讀者知道為什麼凶手要訴諸於這種手段，其動機具有可同情之處，再加上克莉絲蒂對身分階級的觀察，她比較相信或讓讀者相信那些沒有權力、地位的人，隨著偵查節奏去認識可能或必須懷疑的人。克莉絲蒂最擅長營造「多重嫌疑犯」的小說特質，因為讀者在閱讀時必須被迫去認識很多不一樣的人。在她最受歡迎的作品，大概都具備這樣的特質。

當然，她的作品中還有兩個最突出的神探，即白羅和瑪波。白羅是比利時人，但為什麼必須是外國人？這是因為英國人具有高度階級意識，這種觀念一路滲透到所有互動細節，包括人與人之間如何說話。而白羅因為不是英國人，他會發現一般英國人不太看得出來的東西，以及兩個人互動的方法哪裡不正常。至於瑪波為什麼得是老太太？她一如那個年代的老人家，總是靜靜坐著打毛線，因為不起眼，自然讓人放鬆防備，所以瑪波探案的線索都是來自於這樣的互動模式。

然而，白羅有很明顯的優勢，瑪波的身分使她基本上只能進行「靜態」的辦案，案子的空間受到侷限，白羅卻可以跨越各種空間，恣意揮灑。而且白羅擁有警官身分，可以合理出現在各種犯罪現場，瑪波能出現的地方，相形之下就勉強、不自然多了。白羅是明白的outsider，在英國，只要他出現，就會覺得有外人在而感到緊張，於是很容易露出平常不會表現的行為；瑪波則看起來是insider，但實質上是outsider，因為總是沒人發現她、當她空氣人。這兩人的探案，是兩個極端。雖然讀者最愛白羅，但克莉絲蒂自己偏愛瑪波勝於白羅。

不管後來的偵探、推理小說發展了多少巧妙詭計，克莉絲蒂卻不會過時，因為她的推理如此密切地和日常纏繞在一起；活在日常中，我們就無可避免被克莉絲蒂的「日常細節推理」吸引，隨時讀來都充滿驚奇趣味。

名家盛讚克莉絲蒂（依推薦時間排序）

金庸（作家）

克莉絲蒂的寫作功力一流，內容寫實，邏輯性順暢，也很會運用語言的趣味。閱讀她的小說，在謎底沒有揭露之前，我會與作者鬥智，這種過程非常令人享受。其作品的高明之處在於：布局的巧妙完全意想不到，而謎底揭穿時又十分合理，讓人不得不信服。

詹宏志（作家、PChome 網路家庭董事長）

推理小說在從先輩柯南・道爾等人的發明中出現力量時，誕生了一位《天方夜譚》故事中每天說故事說個不停的王妃薛斐拉・柴德，也就是「謀殺天后」克莉絲蒂，整個世界對聽這些故事才有如此的熱情。他們捨不得睡覺，每天問後來還有嗎、還有嗎，永遠不肯離去，這就是克莉絲蒂對推理小說的最大貢獻。

可樂王（藝術家）

所謂「克莉絲蒂式」的推理小說，就是一場和一個天才的寫作者或高明的恐怖份子在紙上捕掠捉殺的戰事。即便是一列火車、一處飯店或一間酒吧，在克莉絲蒂寫來皆充滿神祕和猜謎。在人生適合的下午裡，我總是一面嚼著口香糖，一面跟著矮子偵探白羅穿梭謀殺現場，克莉絲蒂的推理作品無疑是推理世界中最充滿「魔術性」的小說。

吳若權（作家、節目主持人）

我從小就對推理小說情有獨鍾，克莉絲蒂一系列的作品尤其令我愛不釋手。多年來，閱讀推理小說的經驗讓我覺悟：讀者在文字情節中推展開來的驚嘆，不只是因緣於故事的本身，而是自我性格的投射。從這個觀點來看克莉絲蒂一系列的作品，她簡直就是洞徹人性的算命師。而讀者，在她的文字中，發現了自己無可奉告的命運。

藍祖蔚（國家電影及視聽文化中心董事長）

做過藥劑師，難免懂得毒藥；嫁給考古學家，難免也就嫻熟文明的神祕；再加上曾經失蹤九天，一切不復記憶的離奇經驗，的確提供了寫作靈感，但若少了想像力，那些片羽靈光縱使辛辣如辣椒，卻不足以成菜。

推理小說重布局、重人物描寫，克莉絲蒂最厲害的卻是犀利的人性觀察，她一手創造的白羅探長，潔癖個性完全和她相反，更將她所憎厭的人格特質集於一身，殊不知，唯有不對著鏡子寫作，才能夠跳出框架與制式反應，開闢無限寬廣的新世界，建構多面向的詭異迷宮。

看完她的小說，你只會更加訝異，到底是什麼樣的心靈才能成就這般視野？

李家同（作家、前暨南大學校長）

克莉絲蒂的整體布局十分細膩，最後案情也都講解得非常詳細，回頭去看，在書中都找得到線索。故事的情節與內容也很好看，不是像一個流氓在街上被殺掉那麼單調。……看小說應該要花腦筋、要思考，從小就要養成思辨的能力，看她的小說，就是對邏輯思考能力極佳的訓練。

袁瓊瓊（作家）

雖然被公認是冷靜理性的謀殺天后，但是在理性之下，克莉絲蒂的底色依舊是感情。克莉絲蒂很明白，所有的慾望之後，都無非是某種愛情。在以性命相搏的犯罪世界裡，凶手以終結他人的性命來遂私欲，不過是為了成全自己的愛，或者是成全自己的恨。

鄧惠文（精神科醫師）

以推理小說作家而言，克莉絲蒂的風格相當獨樹一格。她的偵探在辦案時，靠的不光是科學證據的搜集，而是大量運用犯罪心理學，及對人性的深刻了解。例如在《五隻小豬之歌》中，白羅便是藉由聽取嫌疑犯訴說案情時所不自覺顯露的主觀意識及中心思想，而看出其中破綻，找出真凶。白羅是靠腦袋辦案，以心理層面去剖析案情，即使人們敘述的是同一件事，他可以聽出不同角色因出發點及看待角度不同所透露的情緒觀感，從而抽絲剝繭，還原事實真相。

克莉絲蒂所塑造的人物也生動且各具特色，不同個性所出現的情緒反應描寫，皆細膩而準確，讓讀者產生豐富的想像空間，一展卷便欲罷而不能。

吳曉樂（作家）

克莉絲蒂使用的語言平易近人，主要是以角色與情節的對應來斧鑿出故事的深度，堆疊出讓讀者回味的迂迴空間。而她筆下的角色往往性別、階級、性格、族群各異，塑造出多元又豐富的人物群像。

文學作品不問類型，若要流傳於世，最終仍得上溯至「人性」的理解與反思。而阿嘉莎・克莉絲蒂的作品中，我們可以看到人類屢屢得和自己的人生討價還價，或千方百計讓主觀意識與客觀條件達成某種程度的整合，讀者在重建人物的心理軌跡時，也見識到自身的是非成敗，我認為，這也是克莉絲蒂的作品能夠璀璨經年、暢銷不衰的主因。

許皓宜（心理學作家）

克莉絲蒂筆下的故事看似在談人性的醜惡，實則像一位披著小說家靈魂的心靈引導者，用她的文字訴說著人們得不到「愛」時的痛苦。於是在故事終了的剎那，你不得不對人生多了幾分「看透感」：原來，我們心裡的那些痛苦、報復與自我折磨的慾望，不是因為「憤恨」，而是起於對「愛的失落」。這或許是我們在情感世界中最珍貴且深刻的一種覺察了。

推理小說荒謬驚悚嗎？不，它其實很寫實。它幫我們說出心裡的苦、怨、醜陋的慾望，於是，我們可以重新學習愛了。

一頁華爾滋 Kristin（影評人）

從有記憶以來，閱讀克莉絲蒂最迷人之處往往不在真正的凶手是誰，而是在於「Why」（為什麼）與「How」（如何進行），在於人性與心理描摹的故事肌理。依循其書寫脈絡，會發覺不只是邏輯清晰、布局縝密、著重細節，她總能完美掌握敘事節奏，書中人物彷彿真實存在般鮮明躍然紙上，讀者情緒會隨精準文字保持流轉、跳動、收放，掩卷時並無太多真相水落石出的暢快，反倒淡淡的惆悵化為餘韻襲上心頭，原來還是種種意料之外，卻屬情理之中的人性盲目使然。私以為，那成就了克莉絲蒂的推理故事之所以無比迷人的主因之一。

冬陽（推理評論人）

雖然阿嘉莎．克莉絲蒂的作品並非我的推理閱讀啟蒙，卻是養成閱讀不輟的重要推手。首先，她無庸置疑是個說故事能手，打開我名為好奇的開關；其次是設計犯罪事件的巧妙多元，既日常又異常，凶手更是叫人意想不到。沒錯，我相信每個當讀者的都忍不住想破案，想早偵探一步識破詭計，或者像考試結束鈴響前一秒，瞎猜都要指著某個角色大喊「你就是犯人」！然後會忍不住作弊——不是翻到最後幾頁窺探真凶身分，而是往前翻查讓人起疑的段落、偵探顯然掌握重要線索的時刻，直到忍不住豎白旗投降，看神探（我知道啦，真正把我耍得團團轉的聰明人是作者）頭頭是道地分析我遺漏錯置的片片拼圖，終於看清真相全貌。這，就是偵探推理，我因此熟悉遊戲規則、沉醉在每一場迷人故事裡，成為這個類型書寫的俘虜，享受至今不疲的美好滋味。

石芳瑜（作家、永樂座書店店主）

布局細膩、處處留下線索，破案解說詳細，說明了這位安靜、害羞的推理小說女王心思縝密，且充滿想像力。密室殺人，完美犯罪，《東方快車謀殺案》不愧為古典推理小說的經典。再加上神祕的東方色彩，隨著火車抵達的迫切時間感，連非推理小說迷都會神經拉緊，讀完大呼過癮。

家庭主婦缺少人生經驗？處女座的阿嘉莎．克莉絲蒂充分展現她過人的寫作天分，靠得是從小開始的閱讀，以及對偵探小說的著迷。三十歲寫下第一本偵探小說《史岱爾莊謀殺案》的克莉絲蒂，在那個時代並不能說是「早慧」，但寫作生涯五十五年中，共創作了八十部偵探小說，卻令人難以企及。這位害羞靦腆的小說女神，大概是相信只要有足夠的理由，每個人都有殺人的可能！

余小芳（暨南大學推理研究社指導老師、台灣推理作家協會常務理事）

學生時代加入推理社團，社課指定讀物便是經典作品《一個都不留》，成為我對克莉絲蒂的初步印象，自此沉浸於推理小說的世界。隔年寒假陪同學參與轉學考，在斜風細雨的走廊中，滿足讀完《東方快車謀殺案》。隨著歲月遠走，已昇華成趣味回憶。

踏入推理文學領域需要認識的作家，阿嘉莎．克莉絲蒂絕對名列其中，她的作品常有英國小鎮風光、莊園式的謀殺、設備豪華的交通工具等，還有特色鮮明的偵探活躍其中。書中少有血腥、暴力的橋段，布局巧妙且結構嚴密，手法純粹、知性，故事內容與人物性格融為一體，以高超的想像力結合說好故事的能耐，為推理小說開創新局面。克莉絲蒂推理全集重編改版，值得新舊讀者一起探索。

林怡辰（國小教師、教育部閱讀推手）

多年後，還是難忘第一次閱讀阿嘉莎·克莉絲蒂作品的感動和激動。這套將近一世紀的作品，文筆流暢，邏輯縝密，過程中不斷與作者較量、猜出凶手，直到最後解答不禁佩服，蛛絲馬跡處處展現作者的精妙手法，於是又拿起另一部作品，再次沉溺在謀殺天后所編織的日常世界中的奇幻，無可自拔。犯罪動機和手法穿越時空限制，如今讀來合理且依舊令人感動，閱讀中趣味橫生，難怪成為後來諸多偵探小說的原型。

克莉絲蒂創作生涯中產出的八十部推理作品，至今多部躍上大銀幕，無怪乎被稱之為「經典」，喜愛推理偵探作品的人不可不讀，你會驚異於她在文字中施展的魔法！

張東君（推理評論家、科普作家）

我愛克莉絲蒂！這位在台灣有時會被稱為克奶奶的超級暢銷推理小說家，即使是自認沒讀過她的書的人，也都會在各種書籍或影視作品中看到對她致敬的片段。由於她喜歡旅行和冒險，那些經驗與體驗都成為書中的場景，因此閱讀她的作品時，不只是雀躍地跟著偵探推理，也有了虛擬的旅行體驗。或者當成旅遊導覽書，在出發去尼羅河、去英國鄉間、去搭船搭火車時，就塞一本克奶奶的作品到隨身背包中。

我還是大學新生時，就聽學姐說她哥哥經常看克奶奶的小說，而且邊看邊狂笑。於是我跟著效仿，在某次搭飛機之前買了第一本小說當旅伴，不只看得超開心，看完後還到處找尋書中出現的那種有兜帽的斗篷，當成出門時的必備用品。克奶奶的作品是跨越文字、國界的。只要看過一本，就會不停地追下去。還好，真的是還好只有八十本。何況這次是全新校訂的紀念珍藏版，當然不能錯過！

發光小魚（呂湘瑜）（文史作家、助理教授）

一部好的偵探小說，除了情節設計巧妙之外，還需要洞悉人性，如此方能合理地交代人物的言行舉止與動機。阿嘉莎．克莉絲蒂便是其中翹楚，她的作品不管是偵探、愛情小說或戲劇，必要元素都是謎題與人性。在寧靜無波的場景下暗潮洶湧，永遠都有意料之外，讀者的情緒也會隨著劇情的進行起伏糾結。克莉絲蒂觀察到時代的變化，將犯罪心理融入作品中，於是，看她的小說不只能得到解謎的快樂，同時對人性也能夠有所省思。

此外，克莉絲蒂豐富的人生歷練及旅行經歷，例如一九二二年的環球之旅、居住過也旅行過的巴黎和埃及，甚至是追隨考古學家丈夫前往的中東，都讓她的小說讀來更加充滿異國情調。如果你也愛旅行，不如就讓我們一同搭上那一班南法的藍色列車，或由伊斯坦堡出發的東方快車，跟著白羅鑽進一樁奇案，一嘗旅程中破解謎題的快感吧。

盧郁佳（作家）

國小時，家裡買了一套阿嘉莎．克莉絲蒂全集，從此成了我的毒品，在白癡課本將我的腦袋啃噬成海綿般空洞時，撫慰受創的心靈，那時我仍對人心險惡一無所知。

數學課教你列算式，樂趣遠不如克莉絲蒂教你住宅平面圖、偷換時序的密室魔術，你從庭園長窗進房間，我從房門直通鄰房，他從走廊進房……從而學會故事是建構邏輯。她文風多變，時而《四大天王》中讓神探白羅向助手海斯汀大賣關子，眉頭緊皺，山雨欲來，預示天翻地覆，只能靠他拯救世界；時而用維吉尼亞．吳爾芙《自己的房間》中俏皮的語言，讓貧苦村姑安妮在《褐衣男子》中回憶南非出生入死的冒險，竟源於她耽讀村裡圖書館爛舊的冒險愛情小說，還有戲院每週末放映〈帕米拉歷險記〉，帕米拉每集從飛機跳落高空、搭潛艇、爬上摩天大樓，每次被黑幫老大抓到總不一刀斃命，卻老要用瓦斯毒死她，暗示續集又會逃出生天。

長大才發現，克莉絲蒂小說就是我的〈帕米拉歷險記〉：它以歌劇般輝煌龐大的天真陰謀、精細的人際觀察（一句話重音放在哪個字、從膝蓋鑑定女人的年齡等），召喚年輕讀者抱持浪漫精神投入未知的壯遊，瘋魔、衝撞、冒犯，傷痕累累毫無懼色。正如瓦斯在冒險片中太多、現實中卻太少；陰謀在現實中沒有克莉絲蒂寫得那麼複雜，但她刻畫的心理卻是現實中解謎的試金石。

賴以威（臺灣師範大學電機系副教授）

或許可以為經典下幾個定義：該領域的愛好者更都讀過；不是這個領域的愛好者，許多人也都聽過；影響後續的作品，在很多著作中都可以看到它的影子；值得反覆再三閱讀，每隔一陣子再讀都可以獲得閱讀的樂趣，有更多的體悟。我永遠記得第一次讀《東方快車謀殺案》時，被那宛如嚴謹設計數學謎題的鋪陳、推進給深深吸引、震撼。從這幾個角度來說，克莉絲蒂的推理小說被稱之為「經典」，可說是當之無愧。

謝哲青（作家、旅行家、知名節目主持人）

克莉絲蒂小說的魅力在於透過每個角色的對白，藉由不斷的說話來表現人物的個性，以彰顯其人格特質中一些無法被忽略的事實。我們從他們的言語、講話的過程和字裡行間，竟然就能知道誰是凶手。

我從克莉絲蒂的小說學到很多，除了推理小說有趣的事實之外，最重要的是，我在工作的職場跟人應對的時候，如何從語言和對話裡去捕捉某些隱而不顯的事實。許多人們欲蓋彌彰的東西，無論心事也好、祕密也好，克莉絲蒂都會用文學的手法，讓你理解語言的奧妙和魅力。

克莉絲蒂的書寫會讓你覺得彷彿自己也在現場，你可以從聽到的對話當中，學會如何理解人心的一些小技巧，這是小說家最出色、最偉大的地方。我們必須學習傾聽別人說話——這些人講話是真誠的嗎？他想要跟你分享什麼資訊？這些資訊可靠嗎？——這是我在閱讀推理小說時，最大的收穫和理解。

阿嘉莎・克莉絲蒂大事記

1890		• 九月十五日出生於英格蘭德文郡托基鎮。
1894	4 歲	• 開始在家自學，父母親、姐姐教導閱讀、寫作、算術和彈鋼琴。
1895	5 歲	• 家中經濟走下坡，舉家搬至法國，學會流利的法語。
1905	15 歲	• 在巴黎寄宿學校學鋼琴和聲樂，但生性極度害羞，未成為職業鋼琴家，最終回到英國。
1907	17 歲	• 陪同母親前往埃及調養身體，對社交活動充滿興趣，但尚未對日後感興趣的埃及古物點燃熱情。 • 回英國後繼續寫作、參與業餘戲劇表演。
1908	18 歲	• 寫出第一篇短篇小說〈麗人之屋〉，同時也寫出第一部愛情小說《白雪黃漠》，以筆名向出版社投稿，但屢遭退稿。
1912	22 歲	• 與英國皇家軍官亞契・克莉絲蒂（Archibald Christie）熱戀。 • 八月爆發第一次世界大戰，亞契奉派到法國作戰。
1914	24 歲	• 耶誕夜結婚，亞契隨即返回戰場。克莉絲蒂參與紅十字會工作，在醫院擔任護士和藥劑師，因此對藥理和毒物非常熟悉，造就後來多部推理小說情節都以毒藥殺人。
1916	26 歲	• 開始嘗試寫推理小說，寫出第一部小說《史岱爾莊謀殺案》，主角偵探赫丘勒・白羅的靈感，來自於大戰期間英國鄉間的比利時難民營。本書歷經數家出版社退稿後，終獲柏德雷・海德（The Bodley Head）圖書公司的出版機會，之後並簽下另五本小說的合約。
1919	29 歲	• 前一年亞契返回英國，八月生下女兒露莎琳。

1920	**30 歲**	• 出版《史岱爾莊謀殺案》。
1922	**32 歲**	• 出版第二部小說《隱身魔鬼》，主角是夫妻檔偵探湯米和陶品絲。 • 與亞契至南非、澳洲、紐西蘭、夏威夷和加拿大等國旅行十個月，在南非得到《褐衣男子》的靈感。
1923	**33 歲**	• 三月出版第三部小說《高爾夫球場命案》，白羅再度登場。
1926	**36 歲**	• 四月母親過世，克莉絲蒂陷入憂鬱。 • 六月在「威廉・柯林斯父子出版社」出版《羅傑艾克洛命案》。 • 八月亞契因外遇提出離婚，十二月初一次爭吵後，克莉絲蒂離家棄車失蹤，消息登上全國新聞。
1927	**37 歲**	• 一月在悲痛心情中寫出《藍色列車之謎》，第一次創造出聖瑪莉米德村，即後來瑪波小姐居住的村子。 • 分居期間在雜誌刊登以白羅為主角的短篇小說，後來集結出版《四大天王》。 • 十二月在雜誌刊登短篇小說〈週二夜間俱樂部〉，瑪波小姐初登場，後來收錄在一九三二年出版的短篇小說集《十三個難題》。
1928	**38 歲**	• 十月正式離婚，仍保留「克莉絲蒂」姓氏。 • 秋天搭乘「東方快車」前往土耳其的伊斯坦堡，再轉往伊拉克首都巴格達，參觀考古現場烏爾，認識考古學家伍利夫婦（Leonard and Katharine Woolley）。
1930	**40 歲**	• 二月應伍利夫婦之邀再訪烏爾，認識考古學家麥克斯・馬龍（Max Mallowan），九月於英國愛丁堡結婚。這段婚姻開啟克莉絲蒂旺盛的創作生涯，兩人到中東考古現場的旅行為許多作品帶來靈感。

- 婚後克莉絲蒂開始維持固定的寫作行程。十月出版《牧師公館謀殺案》，是第一部以瑪波小姐為主角的小說。
- 出版第一部以「瑪麗·魏斯麥珂特」（Mary Westmacott）為筆名的《撒旦的情歌》，並陸續發表了五部非犯罪小說。

1932　42歲
- 出版《危機四伏》。

1934　44歲
- 出版《東方快車謀殺案》，是白羅海外辦案三部曲之一，故事靈感來自中東的旅行經歷。一九七四年第一次改編成電影大獲好評。

1936　46歲
- 出版《美索不達米亞驚魂》，白羅海外辦案三部曲之二。

1937　47歲
- 出版《尼羅河謀殺案》，白羅海外辦案三部曲之三，故事背景是年輕時與母親同遊的埃及。一九七八年第一次改編成電影大受歡迎。

1939　49歲
- 二次大戰期間，克莉絲蒂在大學學院醫院擔任義務藥師，學習到最新的毒藥知識，對於推理小說寫作大有助益。
- 出版《一個都不留》，是克莉絲蒂最著名作品之一。

1941　51歲
- 出版《密碼》，呈現出克莉絲蒂對戰爭的看法。
- 出版《豔陽下的謀殺案》。

1942　52歲
- 出版《藏書室的陌生人》、《五隻小豬之歌》等名作。

1944　54歲
- 以「瑪麗·魏斯麥珂特」為筆名出版第三部作品《幸福假面》，被美國書評人發現是克莉絲蒂的作品，讓她從此失去匿名創作的自在樂趣。

1950　60歲　• 獲選為皇家文學學會的會員。

1953　63歲　• 出版《葬禮變奏曲》。

1956　66歲　• 一月獲頒大英帝國爵級大十字勳章（GBE）。
• 十一月以「瑪麗·魏斯麥珂特」為筆名出版《愛的重量》，是這個筆名的最後一部作品。

1958　68歲　• 成為「偵探作家俱樂部」主席。

1960　70歲　• 馬龍獲頒大英帝國爵級大十字勳章。

1961　71歲　• 獲得艾克塞特大學頒發榮譽文學博士學位。

1968　78歲　• 馬龍獲封為爵士，克莉絲蒂亦被稱為馬龍爵士夫人。

1971　81歲　• 獲頒大英帝國爵級司令勳章（DBE），獲封為女爵士。

1973　83歲　• 出版最後一部創作《死亡暗道》，亦為湯米和陶品絲最後一次辦案。

1974　84歲　• 最後一次公開露面，出席電影《東方快車謀殺案》首映會。

1975　85歲　• 八月六日，白羅成為有史以來第一次在《紐約時報》頭版刊出訃聞的小說主角，宣傳九月即將出版的《謝幕》，這也是白羅最後一次辦案。

1976　86歲　• 一月十二日去世。
• 十月出版《死亡不長眠》，瑪波小姐的最後一次辦案。

克莉絲蒂推理原著出版年表

1920　史岱爾莊謀殺案 The Mysterious Affair at Styles（神探白羅系列）
1922　隱身魔鬼 The Secret Adversary（神探湯米＆陶品絲系列）
1923　高爾夫球場命案 The Murder on the Links（神探白羅系列）
1924　白羅出擊 Poirot Investigates（神探白羅系列）
1924　褐衣男子 The Man in the Brown Suit（神探雷斯上校系列）
1925　煙囪的祕密 The Secret of Chimneys（神探巴鬥主任系列）
1926　羅傑艾克洛命案 The Murder of Roger Ackroyd（神探白羅系列）
1927　四大天王 The Big Four（神探白羅系列）
1928　藍色列車之謎 The Mystery of the Blue Train（神探白羅系列）
1929　七鐘面 The Seven Dials Mystery（神探巴鬥主任系列）
1929　鴛鴦神探 Partners in Crime（神探湯米＆陶品絲系列）
1930　牧師公館謀殺案 The Murder at the Vicarage（神探瑪波系列）
1930　謎樣的鬼豔先生 The Mysterious Mr. Quin（神探鬼豔先生系列）
1931　西塔佛祕案 The Sittaford Mystery
1932　十三個難題 The Thirteen Problems（神探瑪波系列）
1932　危機四伏 Peril at End House（神探白羅系列）
1933　十三人的晚宴 Lord Edgware Dies（神探白羅系列）
1933　死亡之犬 The Hound of Death
1934　三幕悲劇 Three Act Tragedy（神探白羅系列）
1934　李斯特岱奇案 The Listerdale Mystery
1934　帕克潘調查簿 Parker Pyne Investigates（神探帕克潘系列）
1934　東方快車謀殺案 Murder on the Orient Express（神探白羅系列）
1934　為什麼不找伊文斯？ Why Didn't They Ask Evans?
1935　謀殺在雲端 Death in the Clouds（神探白羅系列）
1936　ABC 謀殺案 The A.B.C. Murders（神探白羅系列）
1936　底牌 Cards on the Table（神探白羅系列）
1936　美索不達米亞驚魂 Murder in Mesopotamia（神探白羅系列）

1937　巴石立花園街謀殺案 Murder in the Mews（神探白羅系列）
1937　尼羅河謀殺案 Death on the Nile（神探白羅系列）
1937　死無對證 Dumb Witness（神探白羅系列）
1938　白羅的聖誕假期 Hercule Poirot's Christmas（神探白羅系列）
1938　死亡約會 Appointment with Death（神探白羅系列）
1939　一個都不留 And Then There Were None
1939　殺人不難 Murder Is Easy/Easy to Kill（神探巴鬥主任系列）
1940　一，二，縫好鞋釦 One, Two, Buckle My Shoe（神探白羅系列）
1940　絲柏的哀歌 Sad Cypress（神探白羅系列）
1941　密碼 N Or M?（神探湯米＆陶品絲系列）
1941　豔陽下的謀殺案 Evil Under the Sun（神探白羅系列）
1942　五隻小豬之歌 Five Little Pigs（神探白羅系列）
1942　藏書室的陌生人 The Body in the Library（神探瑪波系列）
1943　幕後黑手 The Moving Finger（神探瑪波系列）
1944　本末倒置 Towards Zero（神探巴鬥主任系列）
1945　死亡終有時 Death Comes as the End
1945　魂縈舊恨 Remembered Death（神探雷斯上校系列）
1946　池邊的幻影 The Hollow（神探白羅系列）
1947　赫丘勒的十二道任務 The Labours of Hercules（神探白羅系列）
1948　順水推舟 Taken at the Flood（神探白羅系列）
1949　畸屋 Crooked House
1950　謀殺啟事 A Murder Is Announced（神探瑪波系列）
1951　巴格達風雲 They Came to Baghdad
1952　殺手魔術 They Do It with Mirrors（神探瑪波系列）
1952　麥金堤太太之死 Mrs. McGinty's Dead（神探白羅系列）
1953　黑麥滿口袋 A Pocket Full of Rye（神探瑪波系列）
1953　葬禮變奏曲 After the Funeral（神探白羅系列）

1954　未知的旅途 Destination Unknown
1955　國際學舍謀殺案 Hickory, Dickory, Dock（神探白羅系列）
1956　弄假成真 Dead Man's Folly（神探白羅系列）
1957　殺人一瞬間 4:50 from Paddington（神探瑪波系列）
1958　無辜者的試煉 Ordeal by Innocence
1959　鴿群裡的貓 Cat Among the Pigeons（神探白羅系列）
1960　哪個聖誕布丁？ The Adventure of the Christmas Pudding（神探白羅系列）
1961　白馬酒館 The Pale Horse
1962　破鏡謀殺案 The Mirror Crack'd from Side to Side（神探瑪波系列）
1963　怪鐘 The Clocks（神探白羅系列）
1964　加勒比海疑雲 A Caribbean Mystery（神探瑪波系列）
1965　柏翠門旅館 At Bertram's Hotel（神探瑪波系列）
1966　第三個單身女郎 Third Girl（神探白羅系列）
1967　無盡的夜 Endless Night
1968　顫刺的預兆 By the Pricking of My Thumbs（神探湯米＆陶品絲系列）
1969　萬聖節派對 Hallowe'en Party（神探白羅系列）
1970　法蘭克福機場怪客 Passengers to Frankfurt
1971　復仇女神 Nemesis（神探瑪波系列）
1972　問大象去吧 Elephants Can Remember（神探白羅系列）
1973　死亡暗道 Postern of Fate（神探湯米＆陶品絲系列）
1974　白羅的初期探案 Poirot's Early Cases（神探白羅系列）
1975　謝幕 Curtain: Hercule Poirot's Last Case（神探白羅系列）
1976　死亡不長眠 Sleeping Murder（神探瑪波系列）
1979　瑪波小姐的完結篇 Miss Marple's Final Cases（神探瑪波系列）
1991　情牽波倫沙 Problem at Pollensa Bay
1997　殘光夜影 While the Light Lasts

國家圖書館出版品預行編目（CIP）資料

謝幕 / 阿嘉莎．克莉絲蒂（Agatha Christie）著 ; 陳亦君、曾胡譯. -- 二版.-- 臺北市 : 遠流出版事業股份有限公司, 2023.04
面； 公分. -- (克莉絲蒂繁體中文版20週年紀念珍藏 ; 38)
譯自 : Curtain: Hercule Poirot's Last Case
ISBN 978-626-361-017-0(平裝)

873.57 112002222

克莉絲蒂繁體中文版 20 週年紀念珍藏 38
謝幕

作者 / 阿嘉莎．克莉絲蒂
譯者 / 陳亦君、曾胡

主編 / 陳懿文、余式恕 校對 / 呂佳真
封面、內頁設計 / 謝佳穎 排版 / 連紫吟、曹任華
行銷企劃 / 舒意雯 出版一部總編輯暨總監 / 王明雪

發行人 / 王榮文
出版發行 / 遠流出版事業股份有限公司
地址 / 104005臺北市中山北路一段11號13樓
電話 / (02)2571-0297 傳真 / (02)2571-0197 郵撥 / 0189456-1
著作權顧問 / 蕭雄淋律師

2003年2月1日 初版一刷
2023年4月1日 二版一刷
定價 / 新臺幣380元 (缺頁或破損的書，請寄回更換)

ISBN 978-626-361-017-0

YLib 遠流博識網 http://www.ylib.com E-mail: ylib@ylib.com
遠流粉絲團 https://www.facebook.com/ylibfans

www.agathachristie.com